我一辈子走过许多地方的路，
行过许多地方的桥，看过许多次数的云，
喝过许多种类的酒，
却只爱过一个正当最好年龄的人。

——沈从文致张兆和

我爱你朴素，不爱你奢华。
你穿上一件蓝布袍，你的眉目间就有一种特异的光彩，
我看了心里就觉着不可名状的欢喜。

——徐志摩致陆小曼

我只是一个凡人——我有的是感情，
除了感情以外我一无所有。
我不想成佛！我不想成圣贤！
我只想能永久和我的小娃相爱。
人在爱中即是成仙成佛成圣贤！

——梁实秋致韩菁清

我想要在茅亭里看雨、假山边看蚂蚁，
看蝴蝶恋爱，看蜘蛛结网，
看水，看船，看云，看瀑布，
看宋清如甜甜地睡觉。

——朱生豪致宋清如

赠予杨季康，
绝无仅有的结合了各不相容的三者：
妻子、情人、朋友。

——钱锺书致杨绛

一见你的眼睛，我便清醒起来，
我更喜欢看你那晕红的双腮，
黄昏时的霞彩似的，
谢谢你给我力量。

——朱自清致陈竹隐

我寄你的信，总要送往邮局，
不喜欢放在街边的绿色邮筒中，我总疑心那里会慢一点。
然而也不喜欢托人带出去，我就将信藏在衣袋内，
说是散步，慢慢地走出去，
明知道这绝不是什么秘密事，
但自然而然地好像觉得含有什么秘密性似的。

——鲁迅致许广平

你说我的信很可爱，
这是因为你是一个可爱的人，
所以我写给你的信也跟着可爱了。

——朱湘致刘倪君

若无相欠，怎会相见

14对民国才子恋人的缱绻情书集

桑妮 著

天津出版传媒集团
天津人民出版社

新版序

见字如面，落笔心欢喜

“我想用一支鹅毛笔，蘸着比相思还要蓝的墨水，在洒满香水的信笺上写下：我知道你会来，所以我等……”

岁时流转里，这句话始终萦绕耳际。情书的美好，一如春日的花，开在心间；亦如夏日的溪水，在内心潺潺流淌。

写一封情书，不需要多么华丽的纸张，亦不需要多么华丽的辞藻，只要让笔触蘸满深情，将心中那浓稠的爱意一点一点写出来，那么每一字、每一句都会化成歌，成为永恒。

比如，那个摇曳多姿的时代，爱情在书信里显得缓慢而悠长，醇美而馨香，犹如酒酿。

滚滚红尘，如烟消散。如今重读那时的情书，我们依然会在字句里看到他们的爱情以传奇之姿艳绝人间。

才子沈从文写：

我一辈子走过许多地方的路，
行过许多地方的桥，
看过许多次数的云，喝过许多种类的酒，
却只爱过一个正当最好年龄的人。

如此深情，是他写给心爱的女子张兆和的情书。

曾经，他爱她入心，在她的众多追求者中，他实在算不得佼佼者，然而，他却最终俘获了美人的芳心。后来，曾有人问过张兆和，为何最终选择了他，张兆和幽幽地说，不过是舍弃不了他这缠绵的才华罢了。

如是，这一场用甜蜜如糖的情书赢来的爱情成为世间佳话。

大诗人徐志摩写：

我爱你朴素，不爱你奢华。
你穿上一件蓝布袍，你的眉目间就有一种特异的光彩，
我看了心里就觉着不可名状的欢喜。

朴素是真的高贵。
你穿戴齐整的时候当然是好看，
但那好看是寻常的，人人都认得的，
素服时的眉，有我独到的领略。

这是他写给心爱的女子陆小曼的情书。

在他的笔下，小曼无疑是他心头最美的恋人，所以即使她只是穿一件简单的蓝布袍，在他眼里也会生出无限欢喜来。真真印证了那句“情人眼里出西施”，喜欢一个人会喜欢她所有的模样。华服雍容也好，素服简朴也罢，只要是她，一切皆好。

最令人心暖的是朱生豪先生写的：

我想要在茅亭里看雨、假山边看蚂蚁，
看蝴蝶恋爱，看蜘蛛结网，
看水，看船，看云，看瀑布，
看宋清如甜甜地睡觉。

这个最会写情书的民国男子，写给他心爱女子宋清如的情话，让人读来倍感温暖，会瞬间相信爱情的美好。大家都说，这个中国的莎翁译者，可谓深得莎翁真传，乃民国之“情书圣手”，写给宋清如的每一段情话都成了这世间最美的承诺。

其实，民国会写情书的人，远远不止他们，还有梁实秋、鲁迅、钱锺书、闻一多等，在那个风雨飘摇的年代，他们写唯美的情书，谈纯真的恋爱，让当下的我们想起爱情，就感到无比美好。

这一纸纸情书，是一段段温暖的爱情，也是一段段才子佳人的浪漫。由此，“情书”二字在唇齿间变得缠绵悱恻起来。

见字如面，提笔深情，落笔心欢喜。

岁月不居，时节如流，这本讲述民国大师情书的小集子已出版五年。

初版承蒙豆瓣红人、作家苏辛的厚爱，得到她深情作序推荐，感激于心。苏小姐的文字，如珠如玉，将大师们的爱情故事提炼得绵长而幽远。

此次再版，我怯心作序，旨在感激多年读者朋友们的厚爱。

这本小集子，当初一经上市即取得不俗的市场反响。想必，大家都如我一般，在大师们的爱情故事里获得共鸣。诚如，初版编辑在封面上写下的那句精辟的文案“看他们的爱情，悟自己的人生”。

爱情，从来都是相通的。

五年，是个匀整的年限，有圆满的意味。由此，新版力求完满，做了精心的修订和补充，以飨读者。

或许，依然会有不尽如人意之处，毕竟于写作者而言，写作是一件主观的事情，难免有所及，有所不及。

但在初版的基础上，所有的篇幅都进行了逐字逐句的完善：去掉了口语化的表述，订正了过往遗留的史实错误、引文错讹之处，使得字词句更优美，更精炼，更准确，可以说是去芜存菁；内容上，删掉了胡兰成致张爱玲一篇，增加了朱湘致刘霓君、丁玲致胡也频两篇，新增篇幅共计11000余字。

月光如水，院中的芭蕉影影绰绰。讲完他们的情书故事，爱情的温暖与感动萦绕于心，久久不散。

木心写：“从前的日色变得慢，车、马、邮件都慢，一生只够爱一个人。”

那时的爱情，是那么简单，那么美！

初版序

爱情来过，最后留下琥珀

爱情来时，每个人都会成为诗人，而原本就是诗人的人，则会成为情话专家、金句文豪。此时他们说出的话、写出的句子，每个字都发着金光，带着火焰，浸着蜜糖，光明，热烈，甚至甜蜜到发腻。

2014年年底，曾被朱生豪那句“醒来觉得甚是爱你”刷屏：微博、微信朋友圈、豆瓣……几乎随处可见。再早点儿，听过沈从文向张兆和表白：“我一辈子走过许多地方的路，行过许多地方的桥，看过许多次数的云，喝过许多种类的酒，却只爱过一个正当最好年龄的人。”更早时，一见不忘的是张爱玲写给胡兰成的八个字：“因为懂得，所以慈悲。”恋人们说给彼此的话总是美的，而这些天生就对文字极其敏感的人说的情话，更因富有文采和感情，激起我们心头普遍的感动，从而广泛流传。日本人相信语言本身就有力量，称之为“言灵”，而饱含真情说出的话，也确实在数十年数百年后，依然保存着这份感动人心的能力。

桑妮在本书中，摹写了一对对中国近代史上最受人瞩目的情侣，他们的情事缤纷瑰奇，情话更是镂金错彩，可以视为情场表率。

这些情侣几乎囊括了恋人类型的典范：

沈从文对张兆和的单恋、苦恋，终至婚恋成家；郁达夫与王映霞热烈的激情之恋；徐志摩与陆小曼的郎才女貌；胡适与韦莲司终生的“发乎情止乎礼”；朱生豪与宋清如的肝胆相照；钱锺书与杨绛“夫妻、情人、知己”的模范感情；高君宇与石评梅因旧伤而错过的刻骨纠结；林觉民留下陈意映独自面对人生的不舍；陈竹隐因爱而承担起朱自清与前妻生下的六个孩子的抚养重任，与朱自清共度清苦生活的坦然……在情话之光褪去后，现实以粗糙的质地对这些璧人进行磨砺：娇嫩的恋情被磨损殆尽，而朴素坚韧的爱意却被抛光，焕发出温润光泽。

后人看前人的恋情，总免不了臆测和苛求：沈从文说他只爱过一个正当最好年龄的人，婚后却也对高青子动过心；郁达夫说：“我从没有这样地爱过人，我的爱是无条件的，是可以牺牲一切的，是如猛火电光，非烧尽社会，烧尽自身不可的。”后来只因王映霞离家出走，他就悍然登报“警告逃妻”；徐志摩对陆小曼倾诉衷肠：“我爱你朴素，不爱你奢华。你穿上一件蓝布袍，你的眉目间就有一种特异的光彩，我看了心里就觉着无可名状的欢喜。”传言中他还是为了满足陆小曼的奢侈物欲终年奔波操劳，并颇有怨言……看到理想中圆满的爱情如此被蚀坏，我们难免觉得失望——那些炫目的情话，终究只是说说的吧，终究是不可相信的吧。

但，人就只是凡人而已。我们这些凡人，渴望巨大的激情、纯粹的信念、无瑕的人生，在激情燃烧的瞬间，我们真的可以献出生命，在所不惜，却克服不了漫长人生中那些啮噬人心的小烦恼。

这些美好的话，说出的时候，都是真诚的，因为激情之火容不下虚伪的东西。

这些美好的情侣，相爱的时候也是真正相爱的，被岁月磨蚀终究分开，也无损于当时的真诚。

当日子过去，岁月漫漫，人在历史中越走越远，他们的恋情也逐渐弥散，这些动人的情话却还留在人间——

是一颗颗琥珀，甚至是虫珀。

低头检视，你甚至可以看见，他们当时欢喜、落泪、挣扎、彷徨时留下的划痕。

苏　辛

愿在爱中不幸福的你，清醒及改变。
因为爱情本身，就是圆满欢喜。

——桑妮

目 录

Contents

○ **只爱过一个正当最好年龄的人**
沈从文致张兆和 / 001

○ **一桩风花雪月的事**
郁达夫致王映霞 / 019

○ **一个诗人的爱情：我爱朴素的你**
徐志摩致陆小曼 / 037

○ **愿我爱你，像你爱我**
梁实秋致韩菁清 / 057

○ **愿上帝给你另一个人，也像我爱你一样**
瞿秋白致王剑虹 / 075

Contents

○ **爱到最后，却成了最亲密的老友**
胡适致韦莲司 / 091

○ **世上一切算什么，只要有你**
朱生豪致宋清如 / 109

○ **你是我幸福的所有理由**
钱锺书致杨绛 / 127

○ **莫要以爱的名义，拒绝爱**
高君宇致石评梅 / 143

○ **只愿天下情侣，不再有泪如你**
林觉民致陈意映 / 161

○ **一见你的眼睛，我便清醒过来**
朱自清致陈竹隐 / 179

○ **相爱是肯给对方看自己的灵魂**
鲁迅致许广平 / 197

Contents

○ **温柔要有，久久承诺**
朱湘致刘霓君　/ 215

○ **有你爱我，我便幸福**
丁玲致胡也频　/ 231

○ **附录　参考资料**　/ 249

只爱过一个正当最好年龄的人

沈从文致张兆和

强扭的瓜不甜，即使能够在一起生活一辈子，真心也不一定能换来幸福；以白头偕老来衡量伉俪情深，实在过于片面。

试想，如若一切都美好，世间便不再浮躁，情便是最易产生却也最易消逝的东西。

最美的情话

“我不知为什么忽然爱上了你！”

“别人对我无意中念到你的名字，我心就抖颤，身就沁汗！并不当着别人，只是在那有星子的夜里，我才敢低低喊你的名字。”

“我一辈子走过许多地方的路，行过许多地方的桥，看过许多次数的云，喝过许多种类的酒，却只爱过一个正当最好年龄的人。”

“如果我爱你是你的不幸，你这不幸是同我的生命一样长久的！”

“我希望我能学做一个男子，爱你却不再来麻烦你。我爱你一天总是要认真生活一天，也极力免除你不安的一天。为着这个世界上有我永远倾心的人在，我一定要努力切实做个人的。”

“我曾做过可笑的努力，极力去同另外一些人要好，到别人崇拜我愿意做我的奴隶时，我才明白，我不是一个首领，用不着别的女人用奴隶的心来服侍我，却愿意自己做奴隶，献上自己的心，给我所爱的人。我说我很顽固的爱你，这种话到现在还不能用别的话来代替，就因为这是我的奴性。”

“望着北平高空明蓝的天，使人只想下跪，你给我的影响恰如这天空，距离得那么远。我日里望着，晚上做梦，总梦着生着翅膀，向上飞去。”

“一个女子在诗人的诗中，永远不会老去，但诗人他自己却老去了。我想到这些，我十分忧郁了。”

“一个白日带走了一点青春，日子虽不能毁坏我印象里你所给我的光明，却慢慢地使我不同了。”

- 零 -
只爱过一个最好年龄的人

“我一辈子走过许多地方的路，行过许多地方的桥，看过许多次数的云，喝过许多种类的酒，却只爱过一个正当最好年龄的人。”

每当看到这种美好的句子时，都会想起那位传奇诗人仓央嘉措。他曾写过这样抵死缠绵的诗句：“愿与卿结百年好，不惜金屋备藏娇。一似碧渊水晶宫，储得珍稀与奇宝。”即便后来被废黜，他仍执迷于“只为途中与你相见”的红尘。

爱情就是这样，如同佳期美梦般，让人无法拒绝。

那时的多情才子沈从文，就像仓央嘉措这般，对爱情充满渴望。

1929年，沈从文开始了对张兆和的漫长追求，并在三年零九个月的时间里为她写下了大量情书。在那些如狂风暴雨般的情书里，他毫不掩饰地将自己摆在一个奴隶的位置，近乎卑微地爱着她，视她为自己顶礼膜拜的女神。

“一个女子在诗人的诗中，永远不会老去，但诗人他自己却老去了。我想到这些，我十分忧郁了。”这句话，每次读起都让人觉得心凉。我会想起看过的相关片段：那时，当诗中的女子在现实里老去的时候，有人指着“他”的肖像问病床上的她，“认识吗？”“好像见过。”又说，“我肯定认识。”可是，这时的她却再也说不出“他”的名字。

这是2003年的春天，张兆和93岁，此时她“思维虽不再明晰，记忆也显得模糊，但仍可以本能地与人简单对话”。

一个月后，她溘然长逝。

只是，我一直都想问的是，在她闭眼的那一刻，她是否还记得那个人——那个给她写下过那么多动人的情书、与她携手共度五十五年岁月的男人？

她是否还记得？

-壹-
不甘只作看花人

沈从文是在上海吴淞的中国公学任职时遇见张兆和的。当时，他是张兆和的老师。

初登大学讲台的沈从文，有着说不出的局促，面对众多陌生的面孔，他紧张得红着一张脸说不出话来。最后，只好在黑板上写下“请给我五分钟”，之后才开始讲课。这一经历，还被张兆和当作笑话说给了二姐张允和听。

张兆和与沈从文相差八岁，这个年龄差并不是太大，实在不能让她对沈从文做到像对师长那般崇拜。虽然，当时的沈从文在文学上的造诣已令许多大家称赞不已，在文坛上也引起不小的轰动，但是这样一个只有小学文凭、大兵出身、一穷二白、操着浓重湖南口音的男子，是绝对入不了她这样的名门闺秀的法眼的。

只是情海激荡，她不爱他，并不能够阻止得了他追求她的脚步。

那时，张兆和的追求者可以用箩筐来统计。她调皮地将这些追求者以“青蛙”为名一一编了号，当沈从文交出写着“不知道为什么我忽然爱上了你”这第一封情书给她时，她便立即将他编为“青蛙13号”，未做出任何不同于对待其他追求者的举动。在她眼里，他不过是她众多追求者中的一个，并无什么特别之处。

她的拒绝，并没有让沈从文气馁或放弃，反而使他追求得更加热烈，一封封滚烫的情书源源不断地从他手中涌现出来。见此光景，二姐张允和忍不住调侃起来，说这些信“要是从邮局寄，都得超重”。

而张兆和面对如此多的情书，非但没有丝毫感动或心动，反倒颇为厌烦，说：“又接到一封没有署名的S先生（沈的代号）的来信，没头没脑的，真叫人难受！”

与张兆和的“轻视”相比，沈从文的痴情让人觉得心疼。他病了，因为他的痴情得不到回应，病到完全不能自控的地步，用他自己的话说：“男子爱而变成糊涂东西，是任何教育不能使他变聪敏一点的，除非那爱不诚实。”爱了便疯魔，他是那种为爱而生的痴情男子，所以他会“想到所爱的一个人的时候，血就流走得快了许多，全身就发热作寒，听到旁人提到这人的名字，就似乎十分害怕，又十分快乐”。

痛并快乐着，也许就是他始终放不下她的缘由。虽然痛，但是快乐让人无法抵抗。

因为爱她，他开始放下自尊，写下那些呓语般的情话：

“爱情使男人变成傻子的同时，也变成了奴隶！不过，有幸碰到让你甘心做奴隶的女人，你也就不枉来这人世间走一遭。做奴隶算什么？就是做牛做马，或被五马分尸、大卸八块，你也是应该豁出去的！”

后来，他便软硬兼施起来。张兆和在1930年7月8日的日记中写道：“他对莲（张兆和的室友）说，如果得到使他失败的消息，他只有两条路可走，一条是刻苦自己，使自己向上，这是一条积极的路，但多半是不走这条的；另一条有两条分支，一是自杀，一是，他说，说得含含糊糊，‘我不是说恐吓话……我总是的，总会出一口气的’！出什么气呢？要闹得我和他同归于尽吗？那简直是小孩子的气量了！我想了想，我不怕！”

这样的他，未免有点耍赖了，爱得着了魔，疯狂得有点让人看不起。试想，有几个女孩子会喜欢这样寻死、甘做奴隶的男人呢？过去，张兆和不愿意，当今的女孩子更不会愿意，而且是要排斥、远离的。

也只有他，因为爱她，就那么不管不顾地、单纯得像个孩子般追求她。

－贰－
爱情的“甜酒”

沈从文这番寻死觅活的爱情，在当时引起了不小的轰动。大家议论纷纷，这让家世清白的张兆和有些吃不消了。

于是，她跑到校长胡适那里去告状。胡适对沈从文极为欣赏，那会儿正想着撮合他们这对才子佳人。他一边夸奖沈从文是个难得的天才，一边表示自己与张兆和是安徽老乡，愿意出面去向张父说媒，并强调沈从文对她的痴迷程度，说：“我知道沈从文顽固地爱你！”

张兆和则脱口而出道：“我顽固地不爱他。”

见识了张兆和的顽固，胡适在一片错愕和惋惜中给沈从文去信道：“这个女子不能了解你，更不能了解你的爱，你错用情了。爱情不过是人生的一件事（说爱情是人生唯一的事，乃是妄人之言），我们要经得起成功，更要经得起失败。你千万要挣扎，不要让一个小女子夸口说她曾碎了沈从文的心……此人太年轻，生活经验太少……故能拒人自喜。”

为人坦荡的胡适，同时也将这封信的副本寄给了张兆和。收到信的张兆和在日记里写道：“胡先生只知道爱是可贵的，以为只要是诚意的，就应当接受，他把事情看得太简单了。被爱者如果也爱他，是甘愿的接受，那当然没话说。他没有知道如果被爱者不爱这献上爱的人，而只因他爱的诚挚，就勉强接受了它，这人为的非由两心互应的有恒结合，不单不是幸福的设计，终会酿成更大的麻烦与苦恼。”

彼时的张兆和，是冷静和清醒的，在我看来这样的爱情观也是理智和正确的。不过，后来，她还是被他那些绵绵不断的情书所说服，转而接纳了他。就连她自己，也多次问自己到底是“什么时候开始对这个‘乡下人’的看法逐渐改变了，真是一点也想不起了”。

回头看沈从文“一根筋”的性子，身为女子，即使换作我也会被逐渐感化，无论起初抱有怎样的态度，哪怕还有一丝丝腻烦。

他去青岛大学教书了。不过，情书照样殷勤，一封又接着一封：

> 我希望我能学做一个男子，爱你却不再来麻烦你，我爱你一天总是要认真生活一天，也极力免除你不安的一天。为着这个世界上有我永远倾心的人在，我一定要努力切实做个人的。

这样的情话，早不是最初的寻死觅活之话，毕竟是文学大家、文字高手，在遣词造句上都像是有魔力一般，渐渐地竟让张兆和感动了，并且在那紧闭的心扉上划开了一道缝隙。爱意，便如光一般透过这道缝隙照射进去，抵达她的内心深处。从此，她的心里便有了他的影子，并且有了他的位置。

产生急剧变化的分界点，是1932年暑假沈从文的到访。

为了看望日思夜想的“女神”，他居然径直去了张家。恰巧那天张兆和去了图书馆，不在家，张允和接待了他，他却极为羞怯，不肯进去，但也不愿意走，最后还是张允和机灵，要了他的地址，他才低头离开。张允和觉得他做妹夫挺好，首先接受了他，还为张兆和出主意回访沈从文，教她邀请他的说辞：“我家有好多个小弟弟，很好玩，请到我家去。”

老实的张兆和照办了，一字不漏地说了这些话。

自此，沈从文成了张家的座上宾。张兆和那颗坚如磐石的心，终于在沈从文的文字沐浴下变得柔软了起来，开始接纳了他。她曾对此做出解释：“是因为他信写得太好了！”

的确，沈从文那些情书极为诱人。

1933年，沈从文辞去了青岛大学的工作，于9月9日在北京中央公园与张兆和举行了婚礼。爱情的甜酒，在他坚持不懈的努力之下，最终总算喝到了。

–叁–
“柴米油盐”，是毁坏爱之花的恶

在李敖和胡因梦决裂的那阵子，李敖便声称他受不了“胡因梦在厕所里便秘”。实际上，他是接受不了自己心中的女神变成了女人。

可是，活在这世间，哪个女神不是平常的女人？胡因梦是，张兆和也是。

在结婚之初，沈从文因为风骨清高，不要张家丝毫嫁妆，可是对待自己心爱的女人，自己却也不能赚更多的钱来做绅士般的男人。在那段岁月里，张兆和正如自己最爱穿的蓝粗布袍子一样，变得粗粝起来，整日为了三斗米发愁。生活和性情，也粗糙得如同那砂纸，再没有一丝光华。她开始安心下来做一个家庭主妇，心底那份想过奢华日子的想法渐渐消隐。

生活就是现实，毕竟不能靠吃情书过日子，再优美的文字，看过也就罢了，顶多激起心海涟漪，却不能幻化成米下锅。

27岁的她，开始觉得自己老了。

那些我们后来感念不已的潋滟美句，让人们都以为她过得很幸福，但对她来说，她的婚后生活里却始终没有真正的幸福可言。

她虽然嫁给了令无数女子欣赏、爱慕的沈从文，却没有真正欣赏、爱慕过他。因此，她对他说：“不许你逼我穿高跟鞋、烫头发了，不许你因怕我把一双手弄粗糙为理由而不叫我洗衣服做事了，吃的东西无所谓好坏，穿的用的无所谓讲究不讲究，能够活下去已是造化。”

张兆和说出这样“世俗”“现实”的话，委实吓了他一跳，因为那时的张兆和已不再是他理想爱情里女神的样子了。

当时，他们的感情还没有完全破裂，爱意仍是有的，毕竟是沈从文自己千辛万苦追求来的女子，他对她仍然保有最初的那份真心。那时，他独自上路回家探亲，张兆和不肯陪他同去。在去往湘西的路上，他便怀揣着张兆和的照片，以每天一封情书的节奏写下一些情难自已的话：

“三三，乖一点，放心，我一切好！我一个人在路上，看什么总想到你。”

“有上万句话，有无数的字眼，一大堆的微笑，一大堆的吻，皆为你而储蓄在心上。”

……

只是，张兆和做不了温暖的爱人，她冷漠得多，回信亦少。最温暖的回信是这样："长沙的风是不是也会这么不怜悯地吼，把我二哥的身子吹成一块冰？为了这风，我很发愁，就因为我自己这时坐在温暖的屋子里，有了风，还把心吹得冰冷。我不知道二哥是怎么支持的。"

林语堂曾经说过："男子只懂得人生哲学，女子却懂得人生！"这话放在他们二人身上，真是贴切妥当。将自己爱慕的女子视为女神的沈从文，是希望生活浪漫、再浪漫一些，根本想不到现实里的那些无可奈何；而张兆和骨子里虽也浪漫，可是却被现实逼迫得不得不世俗，面对自己并不爱慕的男子，生活遂陷入再现实不过的人生里。说白了，她虽是个红颜，却不是知己。多年来，她从未理解过为她写过那么多美丽情书的沈从文。在悠长的岁月里，她始终与他隔着一条河的距离，从未做到过夫唱妇随。

1937年，全面抗战爆发时，沈从文和几个知识分子乔装打扮，辗转逃到昆明的西南联大教书，她却决定不和他一起南下，理由是孩子需要照顾，离开北京多有不便，沈书信太多、稿件太多，需要整理、保护，一家人都跟着沈从文，会拖累他。

事实上，这或许因为她不够爱慕他，若是有沈从文爱慕她的十分之一，或千分之一，她可能不会做出这样的选择。要知道乱世里的人，谁不是得过且过的，无法预测的安定让每一次的别离都意味着不能相见的永别。

真正相爱的人，从来都是惧怕别离的，从来都是要长相厮守的。

这样的放任独留，让沈从文情何以堪！更何况，沈从文在昆明的日子里，还多次哀求她去陪他，可是，她始终可以找到回避与他团聚的理由。

沈从文的爱情世界不由得碎片乱飞、满目疮痍了。他抱怨道：“你爱我，与其说爱我为人，还不如说爱我写信。”转而又生了疑惑，怀疑她有了婚外情，“即或是因为北平有个关心你、你也同情他的人，只因为这种事不来、故意留在北京，我也不嫉妒，不生气。”

在他这样苛刻的话里，张兆和终于带着孩子们去了昆明，可坚决不与他同住，而是住在离他有一段距离的呈贡。每一次的相聚，沈从文都要“小火车拖着晃一个钟头，再跨上一匹秀气的云南小马颠十里地，才到呈贡南门”。

他内心的委屈可想而知，爱情的梦幻破碎理所当然。他开始倾诉起对女学生高青子的爱慕之情来，以此来向张兆和传达自己有能力爱不止一个女人。事实上，早在张兆和在北平之时，他就和高青子有了暧昧之情。

如果一段即将开始的爱情，最终是建立在家庭破碎的基础上时，那么家庭的裂痕也恰恰是爱情的断章。他们二人的爱情就是最好的诠释。虽然，他对她极为爱慕，却没能打动她，虽然朝朝暮暮地相处，一开始也注定是貌合神离了。

与文人相爱，也许就是很辛苦，理想国里的爱情之花，终会在柴米油盐的琐碎现实里萎谢，无法再有绽放的可能！

他们的爱情终似繁花落尽，幸福再无归路，只留下那镌刻深情的情书在时空里燃烧成灰烬。

–尾语–

1946年，沈从文和张兆和正式分居。

后来的岁月里，他们止步于婚姻，彼此也因此过上了真正幸福的生活。

爱情就是如此，爱就是爱，不是感动，也不是感激。在爱情里，两个人情感上失衡，即便结婚了，也不会真正长久。

回首他们走过的那段短暂的婚姻之路，真正和谐的时候少之又少，不和谐的时候更多。不过分开后，张兆和反而对他有了一个全新的认识。

1995年，她意味深长地写道：

“从文同我相处，这一生，究竟是幸福还是不幸？得不到回答。我不理解他，不完全理解他。后来逐渐有了些理解，但是真正懂得他的为人、懂得他一生承受的重压，是在整理编选他遗稿的现在。过去不知道的，现在知道了；过去不明白的，现在明白了。他不是完人，却是个稀有的善良的人。”

这应该是她馈赠给沈从文最美的情书。可是，沈从文早在1988年就去世了。

也许就像她继续写下的那样：“太晚了！为什么在他有生之年，不能发掘他、理解他，从各方面去帮助他，反而有那么多的矛盾得不到解决！悔之晚矣。”

是的，一切都太晚了。在沈从文在世时，她没有给过他安慰和理解；他去世之后，她如此忏悔实质上于事无补，只是徒增遗恨和惆怅。斯人已逝，一切已空，只能感叹。幸与不幸、悔与不悔，全是自苦，又何必呢！

如果每个人的爱情里多些对对方的理解，花些时间和心思去经营，也许世上便没有那么多遗憾了。

爱情和理解，也许本来就不是两个相关的命题。既然爱情无法挽回，就只应该记住最美最好的时刻；到了暮年，会为自己曾爱过一个正当最好年龄的姑娘而激动不已吧。就如沈从文说的：“我一辈子走过许多地方的路，行过许多地方的桥，看过许多次数的云，喝过许多种类的酒，却只爱过一个正当最好年龄的人。”

沈、张的爱情，不是容不下两个都正确的人，而是其中一方爱得不够深。女人需要男人的爱恋，可男人也需要女人的爱慕。

时光悠长，他们最开始的情愫已无人可知，只要记住曾有一个男子情深似海地表白过，就足矣。

一桩风花雪月的事

郁达夫致王映霞

爱情，从来没有完美的结局，任何完美只是虚无的诺言。

自古“好汉无好妻，好妻无好汉”，才子佳人的戏码总是上演在生活之外，正如苏格拉底要配一位泼妇，才子佳人总没有什么太好的结局。

都是天仙一般的人儿，谁去操心柴米油盐？在云端待久了，哪里还过得惯俗世的生活？

好的婚姻里，总要有一个人活在烟火红尘。

最美的情话

“为你，我情愿把家庭、名誉、地位，甚而至于生命，也可以丢弃，我的爱你，总算是切而且挚了。”

“我从没有这样地爱过人。我的爱是无条件的，是可以牺牲一切的，是如猛火电光，非烧尽社会、烧尽自身不可的。”

“现在我能最重视的，是热烈的爱，是盲目的爱，是可以牺牲一切、朝不能待夕的爱。此外的一切，在爱的面前，都只有和尘沙一样的价值。”

“映霞，映霞，我写完这一封信，眼泪就忍不住地往下掉了。”

“我只希望你于接到十日午后的那封信后，能够不要那么的狠心拒绝我……我接到了你的回信之后，真不明了你的真意。”

“我从没有过现在这样的经验，这一次我对于你的心情，只有上天知道，并没有半点不纯的意思存在在中间。人家虽则在你面前说我的坏话，但我个人，至少是很sincere（真诚的、诚挚的）的，我简直可以为你而死……”

“沪上谣言很盛，杭州不晓得安稳否？我真为你急死了，你若有一点怜惜我的心思，请你无论如何，再写一封信给我！”

“请你再不要为我顾虑到身边的危险。我现在只希望你有一封回信来，能够使我满意。”

“这一次见到你，才经验到情爱的本质，才晓得很热烈的想爱人的时候的心境是如何的紧张的。此后，想永远地将你留置在我的心灵上膜拜。”

- 零 -
我简直可以为你而死

在那个风情流转的石库门房子里，“曾因酒醉鞭名马，生怕情多累美人”的江南才子郁达夫邂逅了“红袖添香夜读书”的佳人王映霞。

于是，一桩风花雪月的故事就此在繁华的红尘里上演。

郁达夫才华横溢，却充满俗欲，素来钟爱美人。虽然在遇见王映霞时，他已经有个门当户对的发妻——才情女子孙荃，也想过与孙荃隐名于江湖，寻深山而居，白头偕老，但在遇见有着“杭州第一美人”称号的美人王映霞之后，曾经的山盟海誓、地老天荒，都被他立即抛诸脑后。

自此，郁达夫的心扉豁然大开，对“明眸如水，一泓秋波”的王映霞意乱情迷，不能自拔，随即对她展开了热烈的追求，用他那支如花的妙笔给她写下了无数缠绵悱恻的情话。

在那个只看文字和脸的年代，凡是女子，都无法抵挡得了那些文采斐然的蜜语甜言。王映霞也不例外。

在一片兵荒马乱中，满腹经纶又无隔宿之粮的郁达夫走进了王映霞的内心，成了她可靠的良人。于是，两颗灵魂刹那间便融合在了一起，如胶似漆。

然而，郁达夫明媒正娶的孙荃却是王映霞心头抹不掉的痛。妾的身份，生生地刺伤了她的心，她决绝地要退出他们三个人的爱情。

以为远离就可以将爱的线隔断，再无交缠。只是爱的中断，还要看对手如何。高段位的调情高手，是任你八面玲珑也逃不脱他的手掌心的。

痴情的郁达夫，恰恰是个善于在爱情里欲擒故纵的高手。陷入爱情的王映霞终于还是投入了他的怀抱，做了他的夫人。

令人扼腕的是，他们这对世人眼里的“富春江上神仙侣”，终没能熬过岁月的磨砺，还是反目成仇离了婚。从此，上海这座偌大的城市只留下对于他们这段爱恨情仇的怅然回忆。

不过，我知道，在那段时光里，他写给她的那些爱意绵绵的情话，曾怎样存在着。

它们是像北极光一般美好的存在，有照亮一切的力量，就像他们曾经美好的爱情，惊艳世人。

-壹-
欲隐名山誓白头

王映霞曾说：“我认识郁达夫时才虚岁二十。”

是啊，也难怪女神感叹自己那时正处于大好年华。毕竟，当时的她高居“杭州四大美人”之首，坊间流传：“天下女子数苏杭，苏杭女子数映霞。”

这样的女子，正应了那句“此女只应天上有，人间难得几回闻”。恰逢情痴郁达夫，不知道是她的幸，还是不幸。

那一年，那一日，在上海马当路尚贤坊40号，郁达夫穿着妻子孙荃从北京寄来的新皮袍，登门拜访老朋友孙百刚。之前，在上海内山书店，郁达夫遇见了这位过去一起留日的同窗。想到日本一别已有数年，这次难得地重逢，郁达夫连日来的阴郁情绪瞬时就消散了。

孙百刚素来好客，府上也常常高朋满座。

不过，郁达夫怎么也没有想到，这次的拜访竟会带来让他终生难忘的一次偶遇。

初次相见时，他就被她那一双如水的眸子所吸引，心里阵脚大乱。虽然此时正值隆冬，但他的额头上还是冒出汗珠来。那个年代的人，都将心思藏得那样浅。他一脸的窘迫，暴露了他对王映霞的一见倾心。

爱美人的才子郁达夫，早就忘却了来尚贤坊的初衷，眼神只随着美人流转，硬生生地将孙百刚夫妇抛到了一边。美人王映霞，也是文采斐然的才女，随即跟郁达夫天南海北地侃侃而谈起来，仿佛故人重逢，其间的默契无以言表。

为了能跟美人有更长的相处时间，中午时分郁达夫坚持请孙百刚夫妇和王映霞一起去吃饭。他阔绰地叫了辆汽车，到了南京路的新雅酒店。席间，开怀畅饮的郁达夫忍不住用日语问孙百刚道：“我近来寂寞得跟在沙漠里一样，只希望出现一片绿洲。你看绿洲能出现吗？”聪慧的孙百刚，一听就猜测出他是看上王映霞了。

那天回到家，郁达夫在日记中写道：“遇见了杭州的王映霞女士，我的心又被她搅乱了……南风大，天气却温和，月明风暖，我真想煞了霞君。”

此后，郁达夫经常找各种各样的理由和王映霞约会，或是去餐厅吃饭，或是看新上映的好莱坞影片，他的热情熊熊燃烧，无人能挡。

王映霞呢？事实上，对于才子郁达夫，她早就慕名已久。

她读过他的《沉沦》，读过他的《春风沉醉的晚上》，在无数个夜深时分，她都被他的文字深深吸引、震撼。她从未想过自己会在现实中这样近距离地见到他，与他产生这样的交集。

尽管对他如此仰慕，但是在面对他的追求时，她的心里还是充满了矛盾和犹豫。毕竟，这个大才子还有个结发妻子在身边，还有就是横亘在他们之间十二岁的年龄差距。种种事实，都成为她难以跨越的心理障碍。

要接受一个这样的人，对王映霞来说，需要莫大的勇气和决心。那时，王映霞不只是妙龄少女，还是杭州首屈一指的美女，身边的追求者无不才华出众。要她屈身做妾室，她自是一万个不愿意。

在如此残酷的现实面前，王映霞对郁达夫只好退避三舍。

郁达夫无财无房，只有一身才气，他对王映霞的求爱不免被人嘲笑成“癞蛤蟆之歌”，但他对外界的眼光毫不在乎。为了能真正打动女神，郁达夫绞尽脑汁，极尽所能。他素来妙笔生花，于是为王映霞频频写下洋洋洒洒的情书来表露心意。有时，一天一封，甚至一天两封。

那些话语炽热得如同烫手的山芋，灼痛了王映霞的心，也让她无所适从。在情书中，他说："一切照你吩咐做去，此心耿耿，天日可表。对你只有感谢和愉悦，若有变更，神人共击。"

女子终究无法抵抗这样的甜言蜜语、信誓旦旦。王映霞也不例外，她开始动摇了。

郁达夫写下一首"朝来风色暗高楼，偕隐名山誓白头。好事只愁天妒我，为君先买五湖舟"，终于俘获了伊人的芳心。

王映霞回信，绵绵地说："我也爱你，之死靡他……"

于是，1927年6月，一场盛大的婚礼在杭州西子湖畔举办。

就此，在朋友的见证下，杭州妙龄少女王映霞和中年浪漫文人郁达夫正式携手步入婚姻。

-贰-
富春江上神仙眷侣

婚后，两人在上海度过了一段温馨融洽的日子。

出身名门的王映霞，完全放下了大家闺秀的身段，开始学习洗衣、烧饭，努力扮演好妻子的角色。郁达夫患有肺痨许久，为了照顾好他，她每天都会炖各种补品，帮他调养身体。得妻如此，夫复何求?

郁达夫则用他那手绝妙的文字，细细碎碎地记录下生活的点点滴滴，幸福溢于言表，并美其名曰“日记九种”，刊登在报纸上，向世人宣告着他们的美满与幸福。

到杭州后，他们的甜蜜依然在延续。郁达夫每天读书、写作之余，一定会和王映霞漫步西湖，看荷花随风摇曳，看湖边丝丝垂柳倒映水面，看夕阳将两个人的影子拉长、变短……

这样的二人，赢得了“富春江上神仙侣”的美誉。

第二年，郁达夫在西湖边上买了块地，并亲自设计，开始着手打造他们的爱巢。

这座房子几乎花光了他们的积蓄，但是他们对房子的建成充满期待。郁达夫兴奋地为新家起名为“风雨茅庐”，希望这里能够成为远离乱世的世外桃源。

然而，没过多久，作为“风雨茅庐”女主人的王映霞，却不甘于在这座美宅中平淡地生活。她需要在生活里注入新鲜的激情，不甘就此度过余生。于是，她凭借美貌和优雅的谈吐，迅速跻身杭州上流社会，成为社交圈里闪耀的明星。

由此，郁达夫意想中的“世外桃源”，很快就变成了社会名流与政界要员交际往来的场所。

随之，他们五年稳定的感情，在迎来子女的相继出生后，在表面的和和美美下，开始暗流涌动。

事实上，岁月静好一直都不是王映霞想要的生活。

她原本就是习惯活在众人的注视和赞美之中的女子，只是为了爱情，才暂时回归于琐碎的生活中。当激情消逝、感情变淡之后，她还是会做回自己的。一如郁达夫所言：“王映霞奉行名媛做派，布衣暖菜根香，本非她的理想人生。”

裂痕就这样产生了，夫妻间的生分也由此而生。

疏于交际的郁达夫逐渐心生不满。为了避免不快，他开始经常借故在外逗留，很晚才回家。

恰逢此时，一个叫许绍棣的男子出现在他们的感情里。

时任浙江省教育厅厅长的许绍棣，对王映霞爱慕已久。他将爱慕之情诉诸笔端，用一封封书信来取悦女神的心。

正是这些书信，让郁达夫抓住了“把柄”。

某日，他从外地回来，无意中看到许绍棣写给王映霞的三封信，大为震惊。他再也无法抑制内心的怒火，将自己对王映霞许下的承诺抛诸脑后，立即恶言相向。王映霞心里坦荡磊落，自是无法接受他的奚落，于是一场暴风骤雨般的争吵激烈上演，王映霞愤而出走。

王映霞本以为出走可以平息这件事，谁知郁达夫第二天气急败坏地在报纸上刊登了“警告逃妻”的启事，将王映霞的“出轨”和离家出走公之于众，这让王映霞极为难堪，对郁达夫恨之入骨，与他的矛盾更加激烈。

虽然在后来，由相熟的朋友出面劝说，郁达夫也念及家庭和多年的感情，又在报纸上登出“道歉启事”，两人才重归于好。然而，他的行为已经深深伤透了王映霞的心，他们婚姻的裂痕已经成为一道鸿沟，无从修补。

他们再也回不到曾经互敬互爱的日子，每日只有吵架和猜疑。

自此，富春江上的神仙眷侣再无良辰美景，一如富春江的鲥鱼，刺多，再美味都无从下嘴，只能搁着，令人遗憾。

－叁－
爱到荼蘼，如此苍凉

情爱人生里，“人间烟火，哪有极品，只因当时饥渴，所以销魂”。

作家李碧华曾写过：“这便是爱情：大概一千万人之中，才有一双梁祝，才可以化蝶。其他的只化为蛾、蟑螂、蚊蚋、苍蝇、金龟子……就是化不成蝶。并无想象中之美丽。”

寥寥数语，将爱情的样子真实地呈现在世人面前。

郁达夫和王映霞的爱情，在俗世里也没能逃过化不成蝶的悲情结局，湮没在了柴米油盐里。细看来，不禁让人心酸，令人叹息。

当时，郁达夫想过挽回这段感情。他在报纸上刊登了一则道歉启事，把一切责任全揽在自己身上。同时，为了摆脱这场乱局，许绍棣迅速地和别人结了婚。

为此，两人都各自退了一步，做到了勉强复合，并达成了协议："让过去埋入坟墓，从今后各自改过，各自奋发，再重来一次灵魂与灵魂的新婚。"

可是，有谁看过破碎的镜子有重圆的可能？裂痕一旦产生了就会永远留在那里。

破碎的婚姻，也是如此。已经出现的裂痕，不可能因为原谅、妥协、迁就就能恢复如初。

为了将婚姻维系下去，郁达夫接受了新加坡一家报社的邀请，带着王映霞来到了新加坡。

他本以为离开杭州的风风雨雨，两人会重获幸福，然而，终了还是徒劳。王映霞心中已无感动和温暖，加上身在异乡，对家乡、亲人、朋友十分想念，情绪变得反复无常，经常因为一点点小事便和郁达夫大吵大闹。

一次激烈的争吵之后，恼怒的郁达夫在报上刊登了十九首《毁家诗纪》，向世人道出了王映霞红杏出墙的原委。王映霞看到后大为恼怒，加上了解到郁达夫故意挟私报复，不要稿费只求发表，终于下定决心离开了他。

十二年的婚姻，最终在新加坡惨淡散场。

她最终没能成为他的“自由女王”，曾经的誓言原来只是他梦中的呓语。她和他，最终落入一对怨偶的窠臼里。

在这之后，郁达夫对她旧情难忘，曾想过与她重归于好，一句“愁听灯前儿辈语，阿娘真个几时归”，借子女之口，道出了他对王映霞的思念。

然而，王映霞早就去意已决。

英国作家劳伦斯曾说：“爱得愈深，苛求得愈切，所以爱人间不可能没有意气的争执。”郁达夫和王映霞之间，或许正是因为爱得太深，所以才有了那无法弥补的隔阂横在二人心间，从此做不到真正融合。尽管，彼此心里的爱意依然存在。

1945年，郁达夫在印尼半岛的苏门答腊被日军杀害，终年49岁。生前，他曾迎娶一名华侨女子何丽有为妻。王映霞也于1942年嫁给一位富商。

时光荏苒，他和她的故事已落下帷幕。原来，爱到荼靡，竟也是如此苍凉。

- 尾语 -

没有郁达夫，就没有王映霞。曾经，这样的话响彻耳畔。

王映霞一生的是非功过，都和郁达夫这位才子紧密地联系在了一起。幸福，是因为郁达夫；不幸，也是因为郁达夫。

王映霞自新加坡与郁达夫离婚后，便由香港辗转来到重庆，经亲朋故旧介绍，曾先后在保育院当过保育员，在国民党军委会做过秘书，后到外交部文书科当过科员。那时，王映霞已经34岁，她将最好的年华都给了郁达夫。

然而，美人终归是美人，她不愿再以“郁达夫弃妇”的形象示众，即便已不是貌美如花，但是天生丽质的底子仍足以让她傲然于世。她用力打扮着自己，让自己出众、美丽如初；她再次踏足交际场，凭借着多年的功力做到左右逢源，一时风头无两。

只是，再光鲜的外在也温暖不了她那颗孤寂受伤的心。一个人的日子，她过够了，也过累了。她有了再婚的念头。

两个人总好过一个人，尤其是在那样的乱世。

恰好这时，国民政府外交部前部长王正廷牵线搭桥，撮合她与他的学生、时任重庆华中航运局的经理钟贤道，成全二人结为连理。新郎钟贤道，江苏常州人，毕业于当时的北京中国大学，是王正廷的得意门生，地位显赫，财力雄厚。

钟贤道看似忠厚老实，骨子里却并不木讷，反而有着极浪漫的一面。他在向王映霞求婚时，对她说："我懂得如何把你逝去的青春找回来。"比起郁达夫，他聪明很多，懂得像王映霞这样的女人需要什么。他给了她一场十分奢华的婚礼，排场极大，贺客盈门，宴宾三日，震动了整个山城。王莹、胡蝶、金山这些当时的大明星也前去赴宴，让她赚足了面子。

那年，著名作家施蛰存还曾专门为王映霞赋诗一首："朱唇憔悴玉容曜，说到平生泪迹濡。早岁延明真快婿，于今方朔是狂夫。谤书欲玷荆和璧，归妹难为和浦珠。蹀蹀御沟歌决绝，山中无意采蘼芜。"

这样的婚礼，让王映霞心满意足。多年来，她一直对当时的幸福念念不忘，回忆道："我始终觉得，结婚仪式的隆重与否，关系到婚后的精神面貌至巨。"

正如她所说，婚后两人生活融洽、温情，相携相守了后半生。他们的婚姻，在当时被传为一段佳话。

女子的一生，能像王映霞这样幸运的实在太少。她是个美人，人们常说："美人是红颜，红颜多祸水。"世事安好，对每个女子而言，也是一种令人艳羡的圆满。

她和他淡然笃定地过了后半生，直到1980年他病逝，他们整整相伴了38年。那些年里，他一直视她为“心肝”，她也极尽所能地对他温柔相待。

婚姻里，或许只有这样才能说是“执子之手，与子偕老”吧！不必惊涛骇浪，爱得死去活来，长长久久地陪伴、相知，才是最好的婚姻。

后来的王映霞，既美丽又长寿。2000年，她病逝于杭州，终年92岁。

曾经，她说过这样的话：“他（郁达夫）去了，他（钟贤道）也去了。如果没有前一个他，也许没有人知道我的名字，没有人会对我的生活感兴趣；如果没有后一个他，我的后半生也许仍漂泊不定。”

在这句平淡的总结中，她道尽自己的人生，也表露了自己对生命中两个最重要的男人的爱意。而曾经的伤与痛、爱与恨、痴与缠，也都是她最好的爱情回忆。

一个诗人的爱情：我爱朴素的你

徐志摩致陆小曼

婚姻，就像一株花，需要日复一日地细心呵护。

爱情不管如何缠绵悱恻，终抵不过现实里柴米油盐的考验，无论如何相爱，也还是会被岁月割伤，时刻隐隐作痛。

说来，人世间的情与爱，还是不参透为妙。参透后，总是会有一股古道西风瘦马的苍凉漫过心头。

最美的情话

“往高处走，眉，往高处走！我不愿意你过分‘爱物’，不愿意你随便花钱，无形中养成‘想什么非要得到什么不可’的习惯；我将来绝不会怎样赚钱的，即使有机会我也不来，因为我认定奢侈的生活不是高尚的生活。……论精神我主张贵族主义，谈物质我主张平民主义。眉，你闲着的时候想一想，你会不会有一天厌弃你的摩。”

“我再不能放松你，我的心肝，你是我的，你是我这一辈子唯一的成就，你是我的生命，我的诗；你完全是我的，一个个细胞都是我的——你要说半个不字，叫天雷打死我完事。”

“你多美呀，我醉后的小龙，你那惨白的颜色与静定的眉目，使我想象起你最后解脱时的形容，使我觉着一种逼迫赞美崇拜的激震，使我觉着一种美满的和谐——龙，我的至爱。将来你永诀尘俗的俄顷，不能没有我在你最近的旁边，你最后的呼吸一定得明白报告这世间你的心是谁的，你的爱是谁的，你的灵魂是谁的！”

“你占有我的爱，我的灵，我的肉，我的‘整个儿’。永远在我爱的身旁旋转着，永久地缠绕着，真的，龙龙，你已经激动了我的痴情。”

“我爱你朴素，不爱你奢华。你穿上一件蓝布袍，你的眉目间就有一种特异的光彩，我看了心里就觉着无可名状的欢喜。”

“我的胸膛并不大，决计装不下整个或是甚至部分的宇宙。我的心河也不够深，常常有露底的忧愁。眉，只有你能给我心的平安。在你完全的蜜甜的高贵的爱里，我享受无上的心与灵的平安。”

- 零 -

我愿跟你往高处飞

那一年，徐志摩和陆小曼，一个是浪漫赤子、才华横溢，一个是娇艳名媛、光彩照人，他们爱恋成狂，不顾一切地谈婚论嫁。他们的爱情，虽充满了坎坷波折，却是20世纪初最光彩夺目的一段佳话，且流传至今。

徐志摩休妻，陆小曼离婚，再娶和再嫁在那时都是有违封建礼教的事，然而爱情可以战胜一切。

用郁达夫的话来形容最是贴切："忠厚柔艳如小曼，热情诚挚若志摩，遇合在一起，自然要发放火花，烧成一片，哪里顾得到纲常伦教，哪里顾得到宗法家风？"

徐志摩来到这世间，仿佛就是为了一个字——"情"。

他说："我之甘冒世之不韪，乃求良心之安顿、人格之独立。在茫茫人海中，访我灵魂之伴侣，得之我幸，不得我命，如此而已。”

而她来到这世间，仿佛就是为了真爱。她说：“真爱不是罪恶，在必要时未尝不可以付出生命的代价来争取，与烈士殉国、教徒殉道，同是一理。”

只是，天妒其情，他们冲破重重阻碍，终于走到一起之后，却未能真正白头到老。

五年的婚姻，有的全是生命里无法抚平的伤痛。生活早已没了曾经的情深意浓，徐志摩终日为生计奔波，陆小曼则终日纸醉金迷。爱情已在婚姻的琐碎里撕裂成了碎片，原本热烈而甜蜜的爱逐渐冷却，并且背道而行、渐行渐远。

徐志摩终究是累了，在一场空难中写完了自己人生最后一首诗——再不能阅读的绝句。

不过，一个诗人的生命虽陨落，他的爱情却奇迹般地得以永存。

自徐志摩罹难后，陆小曼一改往日颓靡的作风，洗尽铅华，淡泊宁静，再不踏足交际场；她彻底地消失于人们的视线，安静地做一个诗人的遗孀。

她说："万千别恨向谁言，一身愁病，渺渺离魂，人间应不久，遗文编就答君心。"

就这样，才有了《徐志摩全集》的面世，才有了证明他们爱情的《爱眉小扎》的传世。

所谓"春花秋月情未了，冷暖由人心自明。人生起落寻常事，素衣纤手春秋笔"，她在后来的岁月里，用半生的孤独清苦，将人生的起伏跌宕诠释得淋漓尽致，也向世人宣告了爱的真谛。

诚如，她用正楷抄写的白居易的诗："天长地久有时尽，此恨绵绵无绝期。"

所有的爱恨，都无期！但又如何，只要你我和她都记得徐志摩为他们的爱情写下的那些情意绵绵的情话，于徐志摩而言足矣！

因为，它们见证了徐志摩爱情的存在。

－壹－
茫茫人海里的宿爱

她自幼受过良好的教育，生活在上流社会。她也有着姣好的容颜，能诗善画，优雅大方，让人见过之后再难忘怀。

那时，她是活跃在北平的名媛，气质过人，与上海的唐瑛并称为“南唐北陆”，深受追捧。

一如作家程乃珊所说：“称为‘名媛’，绝对讲究阶级，讲究出身。她们既有血统纯正的族谱，更有全面的后天中西文化调理；她们都持有著名女子学校的文凭，家庭的名师中既有前朝的遗老遗少举人学士，也有举止优雅的英国或俄国没落贵族的夫人；她们讲英文、又读诗词，学跳舞钢琴、又习京昆山水画；她们动可以飞车、骑马、打网球、玩女子棒球甚至开飞机……静可以舞文弄墨、弹琴、练瑜伽……”

陆小曼就是这样一个惊才绝艳的女子。

1925年，在一次社交舞会上，徐志摩遇见了她。许是命中注定，他对她一见钟情，不可自拔地迷恋上了她。

他深情款款地为她赋诗道：

那时我凭借我的身轻，
盈盈地，沾住了她的衣襟，
贴近她柔波似的心胸，
消溶，消溶，消溶，
溶入了她柔波似的心胸！

这是一次怎样的心湖惊鸿？怎样的情海漾舟？从那以后，再无其他女子能入他的眼了。

他的视线，再也无法从她身上移开了。她的如花笑靥、她的每一个转身，都让他心动不已。她在他的心田播撒了种子，成了他诗的根、他梦的芽，从此，再也无法根除。

“一个是窈窕淑女，一个是江南才子；一个是含露玫瑰，一个是抒情的新诗。”初逢之时，虽是沧海难渡，但自此之后，便是同心永结。总之，这一场本来寻常的舞会，注定在那一刻成就这一段惊世绝恋。

他无可救药地爱上了她，就如他所说，她就是他在茫茫人海中寻到的唯一灵魂伴侣。

一段被当时和后世诟病的爱情，终还是绵绵延续。

舞会结束后，徐志摩便经常找机会接近她。此时她正处在一段不如意的婚姻中，与缺乏情趣的丈夫王庚感情淡薄。王庚寡言内向，整日忙于工作，无法给予她关怀与陪伴，让习惯于活在万人瞩目中的她备受冷落。虽然王庚爱她很深，但她无论如何也无法回馈他同样的爱。夫妻感情，于他们而言是寡淡如水的。夫妻间性格上的不合，也是最致命的。

恰好，那一年王庚被任命为哈尔滨警察局长，调离北京，她便以不适应哈尔滨的气候为由，独自留在京城。本就淡漠的夫妻感情，越发趋近于名存实亡。

徐志摩，便是在此时出现的。浪漫温柔的徐志摩，符合陆小曼对爱人的所有想象，由此，沉睡在她心底的爱情得以苏醒。

那段时日里，闲来无事之时，他们二人常常一起外出游玩。他陪她出入舞会，吃最爱的美食，极尽体贴地来讨她欢心，也用尽浪漫来博她一笑。他是真的对她臣服了。因此，他能在深夜用两三个小时给她写一封情书，也能冒天下之大不韪地昭告世人，他是如何深爱着这个风华绝代的女子——这个别人的妻子。

他定要与她执手相伴到老。哪怕前方充满艰难，他都要与她共同面对。

在徐志摩热烈的攻势下，陆小曼如同一朵妖艳的花，一次次地绽放着。

徐志摩也因此才思泉涌，她所有的美好皆成了他诗歌灵感的源泉，于是他写下了一首首传世的诗歌——《花的快乐处》《春的投生》《一块晦色的路碑》《翡冷翠的一夜》。

他说："我的诗魂的滋养全得靠你，你得抱着我的诗魂像母亲抱孩子似的，他冷了你得给他穿，他饿了你得喂他食——有你的爱他就不愁饿不怕冻，有你的爱他就有命！”

这样的一位姑娘，让他爱得神魂颠倒。

- 贰 -
追寻一个喜欢的人和一种喜欢的生活

这份于千万人中相遇的爱情让他们两人珍惜万分。他们爱得真挚且热烈，犹如爱情的火鸟得以涅槃，天地都被震荡得失了颜色。

陆小曼这样告诉徐志摩：从前，她只是为别人而活，从没有自己的生活，她的生活都是别人安排好的，是别人要的，不是她要的。王庚是父母看上的，是他们押的宝。她生活在牢笼中，生活在铜墙铁壁中，生活在张开的大网中，几乎窒息得喘不上气来，可是没人理解她，也没人理睬她的感受。

当陆小曼如此向徐志摩敞开心扉，说出自己的希望和失望、情感和期盼、苦恼和痛苦时，徐志摩当即决定，一定要为这个最纯洁、最可爱的灵魂申冤，要用自己的爱将她救赎。

他鼓励她要“力争自己的人格”，要搏斗，寻找自己需要的生活和爱人。

陆小曼因为爱上了徐志摩，被他一语点醒。她说："这样的生活一直到无意间认识了志摩，叫他那双放射神辉的眼睛照彻了我内心的肺腑，认明了我的隐痛，更用真挚的感情劝我不要再在骗人欺己中偷活，不要自己毁灭前程。他那种倾心相向的真情，才使我的生活转换了方向，而同时也就跌入恋爱了。"

遇见这样的陆小曼，也是徐志摩的幸运。那时，他正异常痛苦、绝望、灰心着，因为苦苦追求了四年的林徽因嫁给了梁思成，这几乎带走了他一切的希望和生趣，一度使他陷入深渊里走不出来。恰好这时，他遇到了陆小曼——这个他情感的给予者和拯救者，她重新赋予他快乐的感觉，抚平了他心灵的创伤。

这样的陆小曼，在他的眼里，是"一个最美最纯洁最可爱的灵魂，是一朵稀有的奇葩，是不慕荣华富贵，追求真、爱、美的女神"；在他眼里，她最美不过，最柔情不过，最适合做他的伴侣，给他安稳，给他快乐。

而在陆小曼的眼中，徐志摩则是最真的男人，是骑士，是王子，与围绕在她身边的那些整天追求财富地位的男人截然不同，他身上没有铜臭味，是最纯粹、最善良、最美好的。他追求个体的自由，为人真诚、正直；他关心人、理解人和包容人。他的心是那样宽阔和柔软。这样绅士又柔情的男人，正是陆小曼理想的爱人。陆小曼想象着如果能和这样的人生活在一起，生活该是多么幸福美妙。

如同上天早已注定，陆小曼和徐志摩双双跌入爱情的旋涡。

名媛千金千千万，徐志摩是“弱水三千，只取（她那）一瓢饮”，非陆小曼不娶。为了能得到她，他说：“我有时真想拉你一同死去。我真的不沾恋这形式的生命，我只求一个同伴。我如果往虎穴里走，你能不跟着来吗？”为了爱陆小曼，为了他和陆小曼的爱情，徐志摩是什么都不怕的：“别说得罪人，到必要时天地都得捣烂他哪！”如此热烈，如此执着，唯独诗人可以这样了。

徐志摩完全融在了陆小曼散发出的风情里，要不然他不会如此盛赞她：“像一朵高爽的葵花，对着和暖的阳光一瓣瓣地展露她的秘密。”面对如此炙热的爱人，陆小曼也给了他从未给过别人的所有的爱！

彼此深爱的两人，每天快活赛神仙，忘情忘我，难分难舍。

可是，一个是使君有妇，一个是初为人妻。这段爱情，注定不会被祝福。

这样的两个人，纵然爱得海枯石烂，也是不会被祝福的，更何况，他们还爱得如此高调，终于触怒了世人。

徐志摩不得已仓皇而逃，逃到了曾一别再别的康桥桥畔。可是，即便出了国，他的心仍留在了陆小曼的身边。于是，他让陆小曼把她每日的心事都记下来，留给他看。他爱她，是爱在了眼里、心里，爱得炽热，爱得痴狂。远在康桥的他，每日都将思念陆小曼的心揉碎了，掷于微波粼粼的湖底，痛苦、焦灼成了他心底的浪。

与徐志摩远隔重洋，陆小曼也没能好过多少。她每天都忍受着痛苦的煎熬。一方面，她要在道德和情感中挣扎；一方面，还要在闲言碎语中学会释然。

爱情是带着泪水的甜蜜忧伤，应是对他们爱情的最好诠释。

思念成河，汇集成江之际，徐志摩决定无视种种世俗，只忠于自己的内心。于是，他在丧子之痛还未完全消散之际，就迫不及待地拿出一张离婚协议书给张幼仪，催促她签字，还自己一个自由之身，如此，自己才好光明正大地追求心中的女神。

张幼仪颇为大度，亦明了不爱自己的那个男人终是怎么挽留都枉然，于是怀揣着一颗悲痛至极的心决绝地签了那张离婚协议书，还了他一个自由身。世间爱情，有圆满就会有伤害，总是在无形中折磨着每个在爱情里的人。

这边，徐志摩无视张幼仪的痛苦，揣着陆小曼那一纸还有余温的书信，急不可耐地回到了北平。

他的归来，彻底搅乱了陆小曼的心。

她决绝地不顾父母的反对，定要结束同王庚三年多的婚姻。离婚前夕，陆小曼即得知自己怀有身孕，然而衡量了自己与徐志摩之间的感情之后，她还是痛苦地做出了选择，她瞒着所有人，悄悄到一家德国人开的私人诊所把孩子拿掉了。然而，这次手术失败了，让她落下了终身的疼痛，也导致后来的一些事情充满遗憾。

他和她，在那个年代属于新潮的人，接受着西方的新思想，勇敢做自己，追寻着自己喜欢的生活。他们冲破旧的思想，为爱情付出了巨大代价，不仅身体疲惫，而且心灵上也承受了巨大的煎熬。

可爱情，正因艰难，才更刻骨。在那个年代，谁能有勇气如此轰轰烈烈地去爱？

他和她的爱情，就这样被当时的人们批判着，也被羡慕着。

– 叁 –
如此相爱却不能相守

他们的爱情，历经重重磨难，终于战胜所有束缚与阻碍，修成正果。

1926年8月14日，农历七夕节那天，他们在北海公园举行了订婚仪式。同年10月3日，正式结婚。结婚仪式上，梁启超做证婚人，竟语出惊人：

我来是为了讲几句不中听的话，好让社会上知道这样的恶例不足取法，更不值得鼓励——徐志摩，你这个人性情浮躁，以至于学无所成。做学问不成，做人更是失败，你离婚再娶就是用情不专的证明！

陆小曼，你和徐志摩都是过来人，我希望从今以后你能恪遵妇道，检讨自己的个性和行为，离婚再婚都是你们性格的过失所造成的，希望你们不要一错再错，自误误人。

不要以自私自利作为行事的准则，不要以荒唐和享乐作为人生追求的目的，不要再把婚姻当作是儿戏，以为高兴可以结婚，不高兴可以离婚，让父母汗颜，让朋友不齿，让社会看笑话。

总之，我希望这是你们两个人这一辈子最后一次结婚！这是我对你们的祝贺！我说完了。

这番话一出，在场所有人都大惊失色，徐志摩更是羞愧难当，陆小曼也极为尴尬。

第二天，梁启超在给梁思成和林徽因的信中如此解释道：

我昨天做了一件极不愿意做之事，去替徐志摩证婚……我在礼堂演说一篇训词，大大教训一番。新人及满堂宾客，无一不失色，此恐是中外古今未闻之婚礼矣……徐志摩这个人其实聪明，我爱他，不过看他此次陷于灭顶，还想救他出来，我也是一番苦心……我又看着他找到这样的一个人做伴侣，怕他将来痛苦无限，所以对那个人当头一棒，盼望她有所觉悟（但恐难），免得将来把志摩弄死，但恐不过是我极痴的婆心罢了！

没想到这句话竟然一语成谶。如同被下了蛊一般，陆小曼的心头就此留下了永久的伤痛。

他们拼尽了所有力量，如同两团炽热的火燃烧了所有情意，到最后却仍殊途。

他想象中的爱人，是漂亮的、风情的、知性的，能和他一起月下品诗，也能和他生儿育女，做柴米夫妻。然而，陆小曼不是，她虽然漂亮、有教养、有才情，但不是他心中想要的理想妻子。他一直认为，只要她爱他，她一定可以和他志趣相投、志同道合，成为生活的理想伴侣。

可事实上，他错了。渴求跟想象，终抵不过现实。

婚后的陆小曼，不仅不乖巧依人，反而叛逆张扬，她更在乎的是生活的自由，追求自我。婚后的她，完全忘了自己是个人妻，依然我行我素地去做名媛，依旧一味地混迹社交界，不停地看戏、交朋友，极尽奢侈之能事。

她从未考虑过或很少考虑过徐志摩内心的感受及经济负担。当家庭收入不能满足她随意挥霍的生活状态时，她便埋怨徐志摩，痛诉婚后的不甜蜜、不幸福。

那时，时光逐渐消磨掉了爱的激情，日子一久，她觉得婚后的生活平淡无味，变成了白开水。他呢，也对她奢靡的生活产生诸多不满。他们开始对彼此生了怨言。

徐志摩开始在信中对陆小曼埋怨道："我们这对夫妻，说来也真是特别。一方面说，你我彼此相互的受苦与牺牲，不能说是不大；但另一方面说，既然如此相爱，何以又一再舍得相离？"

他是多么渴望能与陆小曼并肩在艳阳下散步，或者在晨曦暮霭中吃一顿饭，抑或在午后去看一场电影，这样也能让外人看了艳羡不已。只是，几年来他们竟没有一次两人单独在一起的时候。这样的婚姻生活，让他的心生了恨，他在陆小曼身上根本得不到他渴求的精神上的契合，亦得不到世俗的幸福。对于婚姻，他心灰意冷了，并在麻木中绝望了。

陆小曼对徐志摩的怨言更多。她抱怨徐志摩干预她太多，过问她的私生活，不许她打牌，不许她抽鸦片，对她管教过严，这样的生活让她时刻想挣脱。她说，她过不了这样任人摆布、充满拘束的生活。

五年的婚姻，终究成了彼此生命中无法抹平的伤痛。

徐志摩每日为了生计奔波，陆小曼则每日在鸦片里醉生梦死。爱，成了恨意的集结地，他们之间再也没了曾经的你侬我侬，只有怨恨和敌对。爱，也到了分崩离析的边缘。

就在这困顿中，翁瑞午插进一脚，更使得他们之间的关系恶化，原本热烈而甜蜜的爱情在时光流逝中渐渐冷却，他们二人也越行越远。

人的情感从来都是叛逆多过顺从，越是阻挡越是强烈。

道德的约束、家人的反对、世人的评判，让爱恋里的人有种爱而不得的痛苦，由此就越发珍惜彼此，对方的形象也因为强烈的爱意而变得完美起来。可任何情感最终都会归于平静，落入柴米生活的平常日子里，彼此的棱角就会变得明显起来，成为互相埋怨的根源。

徐志摩当初教给陆小曼要追求自由，后来却埋怨她太过自由；陆小曼最初享受着徐志摩的关心，后来却嫌弃他过于干涉自己的私生活。

在这样一场爱情里，徐志摩终是累了。

在一场飞机的事故中，他的人生猝然结束，将所有的爱怨都写成了一首不能再阅读的绝命诗。当晚，细雨霏霏，似乎也在哀悼诗人的离去。

当徐志摩的死讯传来，陆小曼一下子昏厥了过去。醒来后，她才真正悲痛至极，悔恨至极，才真正意识到徐志摩对自己的重要性。她想起了徐志摩对自己的种种好：他总是耐着性子安慰自己、怜惜自己；自己身体稍有不适，他都会照顾得无微不至。想到这些，她害怕至极，不知道从今往后没了徐志摩，她将如何继续这人生。

她和他的爱情、她和他的纠缠，只不过短短几年时间，便如雨中湿了翅的鸽子，扑棱棱地掉了下来。

爱是苦的源，失去是苦，若不好好经营亦苦。

他们这一场爱情，欢喜与悲哀同在，浪漫与曲折同存，是20世纪的一场倾城绝恋，然而，到了最后竟如此收场！

因此，爱须珍惜。悔恨终究是苦痛的、折磨人心的。

诚如用后半生的孤寂来为自己赎罪、偿还情债的陆小曼。

- 尾语 -

徐志摩死后，陆小曼陷入无比痛苦孤寂的深渊。她守寡之年，不过29岁。

世人皆将徐志摩的死，怪罪到她的身上。所有人都骂她，不是她，徐志摩就不会过早死去。

与徐志摩有过情感交集的女人，如张幼仪、林徽因，都被世人正常地看待，唯有她被人唾骂。人们忘了，正是林徽因那封即将在北平举办的艺术展的邀请函，才导致徐志摩奔赴北平而罹难的。

陆小曼个性太强烈，什么都要癫狂到让全世界都知道，要就是要，不要就是不要。由此，她的过错被世人谨记于心。

对于徐志摩的去世，所有人都归咎于陆小曼的挥霍无度，她的漠不关心，她的红杏出墙。于是，所有的骂声齐刷刷地落到了她的头上。

还好，她并非庸俗女子，没有被这些责难击倒。然而，她痛定思痛，下决心做出改变。

徐志摩去世之后，她选择远离繁华奢靡，不再出入任何社交场所，终日素服，闭门不出，与世间所有的风花雪月再不相见。

无论是非如何，他们的爱情都是那个年代的传奇，既轰轰烈烈，也令人遗憾。她和他的婚姻生活尽管短暂，却如神仙眷侣一般幸福甜蜜；他们之间的爱情在世人口中并没有得到正面的评价，但他们从未后悔过自己当初的选择。

谁对谁错，皆成过往。对徐志摩与陆小曼来说，没有人能再给他们如此美好的爱情，茫茫人海中，遇见彼此便是幸运。

愿我爱你，像你爱我

梁实秋致韩菁清

最好的婚姻，是一起慢慢变老，老到哪儿都去不了还能相互扶持。

两个人在一起，最幸福的是：到老了，还能一起吃早点，一起散步，一起喝茶，偶尔还会拌两句嘴；睡一张床，听着彼此的呼吸入睡。

时光从容，生活安稳。

最美的情话

“我越来越觉得只有你一个人是我的知音！任何其他的地方不能给我温暖。”

“如果世上真有所谓telepathy（精神感应，心心相印），你应该感觉到我的爱，是怎样的缠绕着你，何况你是最最敏感的人！”

“我遇见你，你遇见我，我俩相逢像传奇。你靠近我，我靠近你，我俩从此不分离。我愿你在我走前唱给我听。要音乐伴奏？我的心颤动声，我的叹息声，还不够吗？你说‘我有秋恋，我应恋秋’，如今每天写信给你，每天前去看你的便是你的——秋。”

“请你原谅我，我的心容不得一点创伤，虽然是往事前尘。”

“凤凰引火自焚，然后有一个新生。我也是自己捡起柴木，扇动火焰，开始焚烧我自己，但愿我能把以往烧成灰，重新开始新的生活——也即是你所谓的‘自讨苦吃’。我看‘苦’是吃定了。”

“你给我煮的水饺、鸡汤，乃是我在你的房里第一次的享受，尤其是那一瓶Royal Salute（皇家礼炮，一种威士忌品牌名），若不是有第三者在场，我将不准你使用两只漂亮的酒杯——一只就足够了。”

“亲亲，我的心已经乱了，离愁已开始威胁我，上天不仁，残酷乃尔！”

- 零 -
愿我爱你，像你爱我

那一年，梁实秋71岁，他在妻子故去半年后应邀抵台，本是为了校阅那本纪念亡妻的《槐园梦忆》，却不曾想到，遇见了生命中最重要的人——小他30岁的歌星韩菁清。

他们一见之下，竟彼此倾心。

所谓相见欢，便是如此。他们谈得非常投机，大有相见恨晚之意，一直谈到很晚才告别。从那之后，每日他都去看她，她厨艺很好，每次都会做他最爱的鸡翅膀、鸭肫肝等美食。相处久了，彼此心里的爱意便再也隐藏不住了。

二人的爱好大多相同，他们在一起常常会讨论文艺、漫谈人生，美好的时光就在他们的交谈中悄然流逝，爱情的种子也在他们的心里生根发芽。因为亡妻的诉讼官司，他不得不去美国处理，二人短暂分离。在分离的几个月里，他们日日鸿雁传书。写信与等信，成了他们每天最期待的事情，也成了他们思念彼此的煎熬。

痛并快乐着的相爱，让他们夜不能眠。然而，在那个年代，年龄的差距仍然是障碍，是鸿沟。

正当他们爱得你侬我侬时，关于他们的绯闻也成了热门新闻。没有祝福，只有猜测和非议，并且因为二人的知名度太高，他们的恋情还被大肆地渲染报道，一时闹得满城风雨。反对的声音，一浪比一浪高，有学生，也有《槐园梦忆》的忠实读者，他们愤愤不平，为梁实秋逝去的妻子，也为他们悬殊颇多的爱情。

可是，爱情里没有对错，外人更是无法阻拦。

面对当时的舆论，他并没有退缩或犹豫，而是依然写信给她："大主意当然是我自己拿，我早已拿定，谁也不能影响我。爱，我们'有饭吃'，我们可以'关上门过日子'。有时候还偏不关上门，偏要走出去给大家看看。"

他坚定的爱意，让韩菁清渐渐不再忧虑。很快，他们举行了婚礼。婚礼进行得很低调，只邀请了少数好友参加，但这对他们来说已足够。婚后的他们，生活得美满而幸福。他们朝夕相处，很少与外界往来，日子也算安宁平淡。他亲切地叫她"清清"，她则宠溺地回应他"秋秋"。

在浓情蜜意里，他们经受了十三个春秋的考验。

-壹-
愿你成为我的“精神伴侣”

1974年，在美国的一场意外事故中，梁实秋失去了陪伴自己半个多世纪的妻子程季淑，所谓“梧桐半死清霜后，头白鸳鸯失伴飞”，人生至此，应该是最痛苦无依的。在美国羁留期间，在发妻意外离世带来的巨大痛苦之中，他用满满的回忆写就了一部纪念亡妻的《槐园梦忆》。

事故发生半年后，离开台湾两年多的梁实秋，带着寂寞和哀伤回到了台湾。为了出版《槐园梦忆》，他去了远东图书公司，而此时，身为台湾歌影双栖明星的韩菁清正在远东图书公司寻找一本梁实秋编著的字典，恰好遇见了梁实秋。

世间一切的相遇，多是前世积累的缘分，注定要在今生发生些什么。

昔日的上海小姐韩菁清，虽处在大染缸一般的演艺圈，却是个酷爱文学的人，不仅爱看，还爱写。这样的她，心里对文人作家天生有一份好感，也结交了不少文艺界的朋友。那日，她遇到梁实秋时，一时激动不已。对于梁实秋，她心仪已久，只是多年来无缘相识，没想到那日竟能如此巧合地邂逅，她高兴得像个雀跃的孩童，满心欢喜。

而梁实秋在与她的交谈中，竟惊喜地发现，自己所有的作品她都看过，甚至可以背诵许多，这让他不禁对她另眼相看。

他们一见如故，相谈甚欢，如同在茫茫人海中寻到了知己，心间都洋溢着暖暖的感动。

或许，这便是一见钟情了。他的暮年犹如重发新芽，她的中年则像遇到了春天，开出了花。

这样的爱恋，唯有宿命可以解释。

曾经，7岁的她以一曲《秋的怀念》在上海儿童歌唱比赛中一举夺魁；而彼时他正孤身逃难于重庆，将满腹相思遥寄给远在北京的妻儿，哪能想得到，在歌声弥漫的上海滩有女童唱的一支日后的心曲，飘入他的心怀。“我的身世，仿佛美丽的秋云，我生在重九的秋天里，我幸福的恋歌，也产生在秋天中，我有秋恋，我应恋秋。”少女时代的她，也用一支笔写下这一篇《秋恋》来遥望着她的“秋恋”。

爱情，真是一种疯狂的感觉，没有任何标准，无关年龄，无关距离，无关所有外在之物。

在那次相谈甚欢之后，梁实秋就无法自控地爱上了韩菁清。不到一周的时间，他那排山倒海般的情书就密集地送到了韩菁清的手中。有时一天一封，有时两封，甚而三四封……两个月中竟然写了二十多万字！对韩菁清的称谓，亦从“菁清女士”到“菁清”，到“清清”，到“亲亲”，到“小娃”，爱情的力量真是强大，让一位70多岁的老人仿佛找回了青春。他将烈火一般的爱意全都付诸笔端，让后人读来，脸红之余又觉可爱。就像他自己说的“诗人，情人，疯人，永远是一体的，没有情人不写诗的，也没有情人不疯狂的……”晚年，遇到爱情的他，俨然一个疯狂又可爱的老头儿。

他们的爱情，也在这些痴狂的情书中熊熊燃烧。

作为地道千金大小姐的韩菁清，14岁时就荣膺“歌星皇后”，是个既能填词又能作曲的才女，虽一直不乏追求者，却期待着能遇到一个与自己有精神共鸣之人。她寻求的从来都不是寻常帮衬着的“生活伴侣”，而是一个如梁实秋般的“精神伴侣”。所以，她与年逾古稀的梁实秋一见之下，便情投意合。

梁实秋的才情素来被人盛赞不已。作家梁锡华曾在《一叶知秋》中评论道：“他有胡适先生的温厚亲切、闻一多先生的严肃认真、徐志摩先生的随和风趣。”余光中也说过：“莎士比亚只写了20年，梁实秋先生却翻译了36年，不过我们不要忘了，莎士比亚是连续地写，在太平盛世的伦敦连续地写，而梁实秋是时作时辍地译，在多难的中国时作时译，从二次大战之前译到二次大战之后，从严寒的北国译到溽暑的南海，且把昔之的秋郎译成今之的梁实秋。”

在那个年代，拥有这样毅力、才学、成就的男子本就不多，梁实秋就是其中一个，博学多才，亲切迷人，哪个姑娘遇见了能不动心？

她对他是真的动心了，但她毕竟不是20多岁的姑娘，几十年的风雨经历早已让她变得理智。她心里既彷徨又矛盾，最过不去的坎儿是他们近30岁的年龄差距。想他已满头白发，而她尚青丝披肩，这差异之大如同沟壑。她试着让他“悬崖勒马”，他却决绝地回应：“不要说是悬崖，就是火山口，也要拥抱着跳下去。”“我只要拥有你。所谓拥有，不仅是你的身和心，还有名义，我要你做我的妻。”

恋爱中的女人，谁能抵挡得了男人甜蜜的情话？更何况她已经不再年轻，这是她一直寻找的“精神伴侣”。既然剪不断，理还乱，不如干脆一切随了心，彻底忘情地与他共赴爱情吧。

在遇见梁实秋之前，她谈过一些不了了之的爱情，有过一段失败的婚姻，几十年来，在爱情里努力过、挣扎过。到了40多岁，她终于明白，这世上不是所有人都可以陪你到老的，能碰上靠缘分、靠宿命、靠注定，唯独无法靠努力。

因此，她给了他明确的回复：“我愿爱你，像你爱我，她真，她诚，好纯，好不平凡！爱：我被你的权威屈服了！统一了！我会永远效忠于你，心不二志！”

那一年，她43岁，他整整大她28岁。

－贰－
心存纯善，便不畏风雨

正当他们以为处在最好的时光时，一场“新闻风暴”席卷台湾。无数认识、不认识或爱管闲事的人，如同法官一样跑出来，评判着他们的爱情，闹得满城风雨。

就这样，铺天盖地的新闻在大小报纸上频频出现。各种报道，都是负面新闻——什么一个演艺圈过气女明星嫁给一个大师，是对大师的亵渎；什么年轻美丽女明星为何嫁给70多岁的老翁？是图名还是图财？最让人崩溃的是，有人认为她和那些专门嫁一个行将就木的人只为名正言顺地继承遗产的人一样。梁实秋的学生也反对，更成立了“护师团”；梁实秋的友人亦反对，说“一树梨花压海棠”太不像话……

所有的声音，都将矛头指向韩菁清。这些言语，在真爱面前是那么丑陋，一字一句都暴露出人性极为丑恶的一面。

那时的梁实秋，虽然背负的骂名少一些，但境况并没有比韩菁清好多少。

一些不赞同他们爱情的朋友，积极地拆散他们，想尽方法为他寻一门合适的婚事，一股脑儿地介绍女作家、女教授等给他，弄得他啼笑皆非。他要的是求之不得、追之不获的爱情。

这是梁实秋的一场与生命相关的爱情，如果失去可能会要了他的命，让他没有理由活下去。

他说："我像是一枝奄奄无生气的树干，插在一棵健壮的树身上，顿时生气蓬勃地滋生树叶，说不定还要开花结果。小娃，你给了我新的生命。你知道吗？你知道吗？……我过去偏爱的色彩是忧郁的，你为我拨云雾见青天，你使我的眼睛睁开了，看见了人世间的绚烂色彩。"

20世纪20年代，梁实秋曾被鲁迅骂得体无完肤、百口莫辩，可谓早已品尝到"天凉好个秋"的滋味，所以再次面对铺天盖地的喧嚣时，他不过淡淡一笑。他说："我只是一个凡人——我有的是感情，除了感情以外我一无所有。我不想成佛！我不想成圣贤！我只想能永久和我的小娃相爱。人在爱中即是成仙成佛成圣贤！"

因此，在这样一份坚定的爱情面前，所有的阻碍都不是阻碍，因为两个勇敢的人一开始就知道求的是什么。心若强大，便不畏风雨。

面对外界的舆论压力，两个人反而更加相爱了。

日久情浓，梁实秋已经不能满足于纸短情长的爱意表达。为了爱情，他决定要做点什么。于是，他拿出一生办报纸副刊的本领，给他“最最亲爱的小娃”办了一份情深意长的《清秋副刊》，所有内容只给韩菁清一个人看。

韩菁清对他的感情也极深。她开始叫他“我最最宝贝的小秋秋”，并写下情话：“亲人，我不需要什么，我只要你在我的爱情中愉快而满足地生存许多许多年，我要你亲眼看到我的脸上慢慢地添了一条条的皱纹，我的牙一颗颗地慢慢地在摇，你仍然如初见我时一样用好奇的目光虎视眈眈。那才是爱的真谛，对吗？”

其实，爱情永远是自私的，外人再怎样评判，享受爱情的人终究是自己，苦也好，甜也罢，都是自己的，与他人何干？就如韩菁清说的：“历史是人家的，传奇是人家的，世间嘈杂的耳语，不过是他人自说自话的意淫。”

我一直相信，爱情里的一切都是命中注定。这世间最难遇到的就是真爱，爱就大胆地爱吧，不问结局如何，只需知道自己爱对方，就已足够。只要勇敢去爱，便不枉此生。

1975年5月9日，她和他举行了婚礼。

婚礼虽然简单，却温馨独特。他穿上了她为他准备的玫瑰红色的衣服，戴上了橘黄色的领带，满面春风地自担司仪，站在大红色“囍”字面前宣布婚礼开始，然后朗读了他们的结婚证书，之后在到场朋友们的欢笑中献上了新郎致辞：

谢谢各位的光临，谢谢各位对我和韩小姐婚姻的关心。我们两个人是同中有异，异中有同。最大的异，是年龄相差很大，但是我们有更多相同的地方，相同的兴趣，相同的话题，相同的感情。我相信，我们的婚姻是会幸福的、美满的。

至此，他们的爱情终于踏上了坦途。

–叁–
最好的生活

婚后，他们的美满生活，让那些站在不远处看热闹的人相继咋舌；他们的爱情，也犹如被岁月镀上了一层温暖的金色。

他们彼此深爱，暖意从他们生活的边边角角满溢而出。

她说：“我坦白地承认我曾有过无数次的罗曼史，不成熟的，稚气的，成熟的，多姿多彩的，但是都已烟消云散，不复存在！现在这迟来的爱情才是实在的、坚固的，它会与世永存！”

他则如此回应道：“强烈的爱燃起了我心里的火。这圣火一经点燃是永不熄灭的。”

这样美好的情并不是只有一份坚定的心就足够的，还要遇到对的人、对的时间。如果人不对，坚定也便无从谈起。不要一味地坚守，也不要遇到一点苦难就放弃，相信爱情，因为爱情的磨难，会帮我们考验对方；相信自己，因为爱情终究是自己的。

经历了爱情磨难的他们，携手度过了十三年丰盈而美好的婚姻生活。这十三年，也是他们俩生活状态最好的十三年。

韩菁清是个懂生活的女人，她总是能把生活过得有滋有味。她颇为可爱，又多才多艺，还拥有一手人人称绝的好厨艺，让吃过的人皆齿颊留香，婚后的梁实秋体重也因此飙升了五公斤之多。拥有如此贤惠的妻子，也让原本搁笔已久的梁实秋再次充满了创作的欲望，于是，他又开始拾起笔来创作了，每天上午专心读书，然后写作，并且保证一天五千字的创作量。1979年6月，他竟写完了《英国文学史》《英国文学选》，从而获得了文艺领域的重要奖项。

他们的生活中，充满着浪漫和激情。为了让依然坚持创作的梁实秋做到最大化的劳逸结合，韩菁清教会了他跳舞，而那一年梁实秋已经76岁了。月华如水，两人相拥翩翩起舞的画面，让看到的人都为之感动。时光催人老，但爱情永远也不会老去。

他做什么她都喜欢，她穿什么他都觉得美，并且尽管他们日日相见，两人依然情书往来。在流传至今的署名“秋秋”“清清”的无数书信中，他们的爱情体现得淋漓尽致，让人读来依然心生欢喜。或许，这就是所谓的“寻常一样窗前月，才有梅花便不同”的意境吧！

晚年的梁实秋，因为耳聋，只能时刻戴着助听器跟她交流，生怕漏听她说的任何一个字、一句话。体贴的她，说话时都会俯身贴在他的耳畔，时间久了，他竟取下了助听器。除了这样的贴心，她也将他的起居照料得很好，每晚亲自为他煲汤；为了给他提供最安稳的生活环境，她搬了三次家才决定定居；她最常做的事是搀扶着他从一条小巷穿行到另一条小巷；他们还养了一只猫，嬉戏间共同爱着它，如同他们共同的孩子一般。生活，因而有了万千惬意。

生活虽然美好，但并不都是甜蜜，偶尔也会有争吵，却不似寻常百姓的那种争吵，而是满含着贴心的争吵。多是因为他吃了有害健康的食物，她会因此大吵大闹，怪他不够爱惜自己的身体，会生气地跑进洗手间不理他。这时，他常常会在门外唱歌来哄她，有时唱他们平时最爱的那首歌《总有一天等到你》，有时则是用那种压低嗓子装出的悲痛声音来唱那首《情人的眼泪》，在他的诚挚歌声中，她会被征服，会笑意盈盈地走出来，然后两个人拥抱，一起欢乐地笑，笑到眼泪都流出来。

他们生活中这些温情的细节，在外人看来是一丛丛绿意盎然，哪像是一对被岁月折磨过的老人，丝毫看不到任何秋黄之态。

是的，在爱情面前，年龄算什么？只要有爱，所有的爱意都是花开恣意。

进入暮年，相爱愈久愈浓，他便会时常想到身后事。在他们相伴走过了十年的时候，他给她深情款款地写下了这一封镌刻着他的爱意和不舍的信：

> 我首先告诉你，启从十年前在华美一晤我就爱你，到如今进入第十个年头。我依然爱你，我故后，你不必悲伤，因为我先你而去是我们早就料到的事。我对你没有什么不放心。我知道你能独立奋斗生存，你会安排你认为最好的生活方式。十年来你对我的爱，对我的照顾，对我的宽容，对我的欣赏，对我所作的牺牲，我十分感激你。

那时的他，是多么想拼尽所有心力来爱她一生一世。就如他在弥留之际拼尽全力喊出的那句：“清清，我对不起你，怕是不能陪你了！”——他多想爱她到老。也因而他在临终前发出了这般强烈的求生欲望："救我！""我需要更多的氧气！"——他实在太放不下她了，让她一人在这世间隅行，心中有万般不忍。

可是，世间之事从来颇多残酷，不遂人愿。

终于，在和她度过了四千多个日日夜夜之后，他撒手人寰。

84岁的高龄，对他来说，已是上天厚待。假如，他的晚年没有她的陪伴，临死之际，他可能也不会如此眷恋，会平静地离去。但正因有了她，他才觉得人间还有缺憾。

- 尾语 -

他去世之后，她为他高筑墓地。

面朝故土，她也为他写了碑文，唱起了一首凄婉之歌与他惜别。在她心里，他并没有远去，所以她照旧为他写信，像他在世时一般，只是这些信她不能亲手递给他，只能在他的墓前焚烧，让那缕缕的青烟遥寄她对他的无限相思。

寡居期间，她开始整理他的遗作，并与他的女儿一起前往大陆看望他曾经念念不忘的朋友们，以了却他的遗愿；她还撰写《秋的怀念》，一如当初他们初识之时，他为她单独创办的《清秋副刊》，文字间皆是他们甜蜜的过往：

古今中外，不分贫富，每天都有许多爱的故事，我与梁实秋的恋爱虽有点传奇，结婚却非常简单地在一家小餐厅举行，和普通平民百姓没有什么两样。

十三年中，我们过着平凡幸福的日子，他每晨散步、写作，晚上看书，我每天花时间照顾猫咪们，更照顾他的饮食起居，有福同享，有难同当，互敬互爱，知己知彼，双方从恋爱到结婚，双方都付出了相当大的代价，当年写情书时，没有想到未来是个什么样的结局，也想不到今天在海峡两岸出版这本书。

……

的确，爱情不是一种儿戏，爱情是一种极神圣的东西，爱情是无价之宝，爱情是一种伟大的使命，夫妻都要担当！保持永远的美好！

……

梁韩菁清祝福读者们好

他走后七年，她因病逝世。那一年，她63岁。

只是，他曾经在美国槐园为她预留的那块墓地，到如今依然是空的。她的墓地，终究没能与他的墓地相偎相依。

曾经，他们爱得那般惊世骇俗，热烈且激烈，让多少人侧目与误解。是意外的邂逅太过美丽，还是相遇的火花太过绚烂，才会引来这场不被看好的恋情，皆无从猜测。

我们，只知道这是一场用生命奔赴的爱情。

愿上帝给你另一个人，也像我爱你一样

瞿秋白致王剑虹

最好的爱，是有一个人能一直陪伴着你。

陪你走完今生岁月，一起欢笑，一起痛苦，一起纠缠，一起感慨，一起看风起云涌，一起看世间风月，一起听潮起潮落，一起感受生活的美好。

在人生落幕时，回想曾经，有这么一个人深切地爱过自己，直至生命尽头，这也是一种幸福。

最美的情话

“你偏偏爱我，我偏偏爱你——这是冤家，这是‘幸福’。唉！我恨不能插翅飞回吻……”

“爱恋未必要计较什么幸福不幸福。爱恋生成是先天的……单只为那‘一把辛酸泪’，那‘暗暗奇气来袭我的心’的意味也就应当爱了——这是人间何等高尚的感觉！我现在或者可以算是半‘个’人了。”

“我们要一个共同生活相亲相爱的社会，不是要一所机器栈房啊。这一点爱苗是人类将来的希望……”

“要爱，我们大家都爱——是不是？”

“——没有爱便没有生命；谁怕爱，谁躲避爱，他不是自由人。”

“——他不是自由花魂。”

“这两天虽然没有梦，然而我做事时总是做梦似的——时时刻刻晃着你的影子……没有你，我怎能活？以前没有你，不知我怎样过来的，我真不懂了我将来没有你便又怎样呢？我希望我比你先没有……”

“万郊怒绿斗寒潮，检点新泥筑新巢。我是江南第一燕，为衔春色上云梢。”

“山城细雨作春寒，料峭孤衾旧梦残。何事万缘俱寂后，偏留绮思绕云山。”

-零-

你的魂儿我的心

世人都知道瞿秋白和杨之华那段惊天动地的爱情，却很少有人知道他和另一个女子那仅有七个月的短暂婚恋生活。

电影《秋之白华》中，瞿秋白第一任妻子一开始便是以病入膏肓的状态出现的。在她病重时，瞿秋白与杨之华早已相识，并互相欣赏。这不禁让我觉得瞿秋白对她有些薄情，而事实上，他们的爱情并不像电影中那么轻描淡写，其实也已深入骨髓。

他和她，相识于1923年。

那是个火热、激情的年代。那一年，他24岁，青涩但充满力量，刚刚从莫斯科回国，在上海大学当教务长兼社会学系主任。出于工作的缘故，他认识了当时在陈独秀、李达创办的上海平民女子学校就读的她。

两人一见面，彼此就倾了心。

在他的鼓励和劝说下，她和挚友丁玲一起进入他执教的上海大学文学系学习。

爱情，是需要有“近水楼台”的便利的。他如此睿智，应该一早就深谙这个道理，不然也不会努力说服她到自己执教的学校进修。那时的她，是个如一团烈火、一把利剑，无所畏惧、勇往直前的女斗士，极具吸引力。更何况，他正年轻，视爱情如蜜糖。

他很优秀，是当时女性眼中的白马王子。

当年，丁玲形容他：“这个新朋友瘦长个儿，戴一副散光眼镜，说一口南方官话，见面时话不多，但很机警，当可以说一两句俏皮话时，就不动声色地渲染几句，惹人高兴。不惊动人的眼光静静地飘过来，我和剑虹都认为他是一个出色的共产党员。这人就是瞿秋白同志。”

这样讨人欢喜的正直男人，哪个女人会不动心？她也不例外。

在渴求知识的路上，她也渴求爱恋。他的到来，于她如同久旱的土地遇上甘霖，犹如烈阳下的一片绿荫，令人无比舒心。

搁到现在，他应是那种十足的暖男。

1924年1月，他们终于走进了婚姻的殿堂，从此开始过起了神仙眷侣般的生活。只是天妒幸福，不过七个月的光景，他们就不得不面临生离死别。她不幸患了肺病——如果在今天，这病并不可怕，然而在那时这却是不治之症。尽管他小心地呵护、照料着她，想用虔诚的心来感化病魔，却仍无济于事。

她就这样，带着对他的无限眷恋离开了人世。万千爱意，皆灰飞烟灭。

爱情，因为短暂而深刻，因为生离死别而刻骨铭心。

她永远地留在了他的心间。

- 壹 -
遇到一个惊鸿照影般的姑娘

瞿秋白算是个幸运的男人，一生中有两段刻骨的爱情。在瞿秋白的生命里，如果说杨之华是赠予他生命意义的人，那么王剑虹则是那个夺去他心的人，是如同惊鸿照影般的存在。

这位鲜为人知的土家族女子，是瞿秋白的结发妻子，1901年出生于重庆市酉阳土家族苗族自治县龙潭镇的显赫世家。父亲王勃山能诗善文，又懂医术，早年间参加了孙中山领导的同盟会，在辛亥革命后曾担任孙中山广州大元帅府的秘书；母亲吕连娣，也是个知书达礼的才女。

生在这样一个学识世家，王剑虹自小就受到了很好的教育。读过几年私塾，因学习优异，跳级插班到酉阳县龙潭高等小学堂，毕业后考入酉阳联立中学。1916年秋，考入湖南桃源县第二女子师范学校。也就是在这所学校里，她结识了后来成为著名作家的丁玲，并在之后的岁月里与她成为挚友。

丁玲用妙笔如花的文字如此形容道："王剑虹长有一双智慧、犀锐、坚定的眼睛，可谓是美丽端庄，但平时王剑虹显得十分严肃，走路时昂首挺胸，目不旁视，显得有一股傲气，一看就是一个不庸俗、有思想的学生。"

由此看来，她的气质是从骨子里流露出来的。

事实上，在校期间，因正处于五四运动、新文化运动前夕，她亦满怀热情、满腔抱负，积极参与创办刊物、宣传、演讲，迎接新文化运动的到来。

五四运动后，她怀着追求真理的满腔热情奔赴上海。在这里，她结识了革命人士李达、王会梧、施存统、陈独秀等人，更因受到《新青年》等刊物的影响，思想产生了极大变化。1921年，她进入了陈独秀、李达创办的上海平民女子学校。在这段时期，她除了听陈独秀、陈望道、沈雁冰、刘少奇等人的讲课外，还常常协助和组织劳工运动，宣传科学社会主义，致力于妇女解放。

去上海学习之前，她的名字叫王淑璠。父亲王勃山觉得这个名字不够响亮，因此根据清代著名诗人龚自珍《夜坐》中的诗句“万一禅关砉然破，美人如玉剑如虹”，为其改名王剑虹。

从此，她的这个名字响彻世间。

也就是在1921年，她趁着寒假回湖南常德老家探望姑姑之际，将好友丁玲也介绍到上海平民女子学校。1923年夏秋之际，她与丁玲一起结识了刚从苏联回国的瞿秋白。

这一结识，对瞿秋白来说，无异于惊鸿照影，是惊艳，是悸动，心海顿时为她泛起无数涟漪。

在瞿秋白的建议下，她和丁玲一起到了他所任教的上海大学读书。

她们在上海租了亭子间住下来，在上海大学文学系顺利就读。在这里，她们接受了沈雁冰、田汉等的教育和培养，文化储备大为丰富。不过，她们最爱听的还是瞿秋白讲授的哲学、社会科学和马克思主义基本理论，丁玲曾经在《我所认识的瞿秋白同志》一文中如此记述：“……可是，最好的教员却是瞿秋白。他几乎每天下午课后都来我们这里。于是，我们的小亭子间热闹了。他谈话的面很宽，他讲希腊、罗马，讲文艺复兴，也讲唐宋元明。他不但讲死人，而且也讲活人。他不是对小孩讲故事，对学生讲书，而是把我们当作同游者，一同游历上下古今、东南西北。”

因为爱屋及乌，这两个情窦初开的女子，几乎同时爱上了瞿秋白。不过，在瞿秋白的心中，却只有王剑虹一个。

－贰－
两朵红杏终出墙

瞿秋白是如此才华卓绝，加之长得俊朗潇洒，吸引了无数女子。

诚如丁玲说的那样，他是个能给人留下深刻印象的人，那双波澜不惊的眼睛却可以在人心底惊起巨大波澜。

在频繁的交往中，王剑虹便被瞿秋白这“静静地飘过来不惊动人的眼光”俘获了，对他芳心暗许。对于她的心事，瞿秋白自然能察觉到。其实，对于她，他也情愫暗生。

瞿秋白17岁丧母，在性格上深受母亲的影响。当他尚在襁褓中时，母亲就给他背诵唐诗宋词，后来他亦因此学习了古诗词。由于在这样的环境中长大，他喜欢的女子，也多是文静的。

事实上，这也是在王剑虹和丁玲这两个爱慕自己的女子中间，他将心给了王剑虹的原因。

王剑虹因自小浸染古典诗词，便养成了文静、沉稳、外柔内刚的性格。这样的她，对瞿秋白而言自然有着一种莫大的吸引力。就如沈从文评价的那般："丁玲女士天真烂漫，处处同一个男孩子相近，那王女士却是有肺病型神经质的女子，素以美丽著名。"对于洒脱、任性、内柔外刚的丁玲，他自是不动心的。

爱情就是这样，一切爱与不爱，绝不是外力所能左右的。若是遇到不爱你的人，你即使爱得山花烂漫也是徒然。若是爱上了，便无关时间，无关距离，无关身份，无关背景，就那么一刹那的电光石火，便会入了心骨。

正如，瞿秋白与王剑虹。

王剑虹第一次听瞿秋白讲课时，因为对他心有好感，不由得为他画了一张素描。下课时，拿给他看，问他画得像不像，他瞅了一眼，心中即充满了喜悦。他们仿佛熟稔已久，更开起玩笑。他故意说不像，她就不依不饶地问个究竟："是不是画得不好？"他则幽默地回答道："不，是你把我画得太夸张了，我可没有那么英俊潇洒。"

只有彼此爱慕的人，才会有这样俏皮的对话吧。

在越来越多的相处中，他们的心日益靠近。瞿秋白经常教王剑虹朗读俄国大诗人普希金的诗，从词汇到语法，到变格，都讲解得非常细致。在普希金的那些情诗里，他们的心迹亦暗含其中。

只是，在瞿秋白的心里始终有一种别样的情愫，令他苦恼不已、纠结不安，却无从找到出口。后来，他不再常去王剑虹和丁玲的亭子间宿舍了。甚至，有一次施存统夫妇邀请瞿秋白、王剑虹、丁玲一道游宋教仁公园，明明已爱上王剑虹的瞿秋白在远远地看到王剑虹后，竟然匆忙找借口从另一条道上回避开了。不知情的施存统对此疑惑不已，就连丁玲也觉得很奇怪，只有王剑虹知道为何。

她神伤了，为这段没有表白的爱情。她的自尊心极强，怕公开了爱情遭人议论、嘲笑，于是，她也选择了逃避。她的逃避，比瞿秋白的避而不见更厉害。为免触景伤情，她决定离开这里。于是，她告诉丁玲，她要回四川老家。对于她突然回老家的决定，敏感的丁玲觉得颇为蹊跷，但又苦于不知缘由而无法规劝，直到无意间从她的床垫下发现了一叠诗稿，才恍然大悟。

平时，王剑虹写了诗一定会在第一时间拿给丁玲看，为何这些诗稿却被她藏匿了起来？丁玲决定看个究竟。仔细一看，才知原来是王剑虹写给瞿秋白的情诗：

他，回自赤都的俄乡，
本有潇洒更增新的气质，
渊博才华载回异邦艺术之仓。

他那学识、气度、形象，谁不钦羡、敬重？
但，
只能偷偷在心底收藏！

丁玲窥知了她的心事：原来她是在暗恋瞿秋白！

长久的相处、深厚的友谊，使得丁玲决定帮助他们这对有情人。于是，她带着王剑虹写给瞿秋白的这些情诗，去了瞿秋白的住处。当瞿秋白将这些诗稿握在手中时，心中激动不已，那困扰已久的纠结也有了出口。当听到丁玲说王剑虹正因这事苦恼要回老家时，他毫不犹豫地冲到王剑虹的住处，决心将她留住。

他在王剑虹面前沉默了一阵之后，深情款款地将一首小诗交到王剑虹的手中。

倩女传书似红娘，
笨傻张生喜若狂。
急赴闺阁拜莺莺，
两朵红杏终出墙。

就这样，两人终于捅破了窗户纸，走到了一起。

后来，瞿秋白为此还专门写了一首诗给“红娘”丁玲，赞美她是安琪儿（Angel），并感激她的帮助。

–叁–
你终是属于天上的人儿

1924年1月，他们结婚了。婚后的生活，令人艳羡。

与王剑虹在一起的日子，于瞿秋白而言，仿佛每天都在听一首悦耳的歌，这让他每天都精力充沛、心情愉悦。他常常在外忙了一整天之后就归心似箭地回家，坐在书桌前看书、写文章，点一支烟，抬头看见王剑虹的笑脸，便什么烦恼都没有了。他最喜欢跟王剑虹谈诗，时常会把他们最爱的诗句刻在各种各样精致的青田石、寿山石上。

他每天都写诗，写得最多的是情诗，给王剑虹的情诗一首又一首，都凝聚着满腔浓稠的爱意。尤其在新婚不久后，他赴广州出席国民党第一次全国代表大会期间，几乎每天都要寄给远在上海的王剑虹一封情书，五彩布纹纸上除了满满的思念，偶尔还会有情意绵绵的情诗。

譬如："……你偏偏爱我，我偏偏爱你，这是冤家，这是'幸福'。……这是人间何等高尚的感觉！我们要一个共同生活相亲相爱的社会，不是要一所机器栈房啊！这一点爱苗是人类将来的希望。"

情书中还夹着这样一首诗："万郊怒绿斗春潮，检点新泥筑旧巢。我是江南第一燕，为衔春泥上云梢。”

这样的生活，充满无限爱意，在两个人的心间如糖如蜜。

只是，好景不长，仅仅半年的时间，厄运就降临了。王剑虹突然病重不起。

她不幸患上了肺病，这在当时是不治之症。原来，她的母亲和姐姐都是患肺病死的，瞿秋白也患有肺病，只是，不知到底是谁把病传染给她的。姑且不论谁传染给她的，最恼人的是，最初还被医生误诊了，竟然是以怀孕的反应来调理的，待到确诊为肺病的时候已没有什么药物可以治疗了。

也许，是她的命太薄。刚刚尝到生活的甜蜜，就遭遇这样的劫难。

面对日渐消瘦的妻子，瞿秋白深感不安。他不知道妻子的病是不是自己传染给她的，每次想到这里，他都心如刀割。他拿出所有的精力来照顾她，都觉得力不从心，这让他痛苦不堪，也恐惧非常。他给已经离开上海到湖南的丁玲写信说：“我好像预感到什么不幸。”

而王剑虹也知道自己时日无多，于是在一个暖阳的午后给瞿秋白写下了这样一封信：

秋白：

我生活在你的爱抚之中，虽然只有半年，我已经感到无比地满足了。

半年不过是人生激流中的一片涟漪，然而它却是无比绚丽多彩的一朵浪花。病魔纵然夺走我的生命，但不能夺走我对你的爱。

南京莫愁湖上的月夜真令人留恋。你把爱的诗句刻在美丽的雨花石上，让我永远地珍藏。那时，你曾经教我吟诵普希金的诗，此刻我又想起那美丽真诚的诗句，就让我摘用来向你永诀吧！——我那么温柔专一地爱过你，我一点也不愿使你难过悲伤，愿上帝给你另一个人，也像我爱你一样……

这是王剑虹留下的遗书，也是王剑虹告别人世的绝笔。信中，不见丝毫的忧伤，因为有爱，面对死亡，她无怨无悔；因为爱人，面对死亡，她不曾畏惧。她唯愿上帝再给瞿秋白一个爱他的人，如此，她才觉欣慰！

这样的可人儿，真不枉瞿秋白一生珍藏在心底。她去世后，他在她的照片背面写下了“你的魂儿我的心”的真挚表白。

想起三毛的那句话，“男人是泥，女人是水，泥多了，水浊；水多了，泥稀；不多不少，捏成两个泥人——好一对神仙眷侣。这一类，因为难得一见，老天爷总想先收回一个，拿到掌心去看看，看神仙到底是什么样子。”

-尾语-

1924年的7月，王剑虹带着对瞿秋白的无限眷恋，离开了人世。

好友丁玲赶到上海时，已人去楼空。王剑虹的棺木，停放在四川会馆。此时的瞿秋白，因要参加国民党中央政治局委员会举行的第一次会议，不得不南下广州。丁玲到来后，两人并没能见上面，丁玲只收到他留下的一张用白绸巾包裹着的王剑虹照片。

为此，丁玲对瞿秋白生了怨气。

后来不久，当瞿秋白与杨之华结婚时，丁玲心中的怨恨更深，她一直认为王剑虹致命的肺病是瞿秋白传染给她的，如今时日不长，瞿秋白就再婚，无论如何丁玲都觉得瞿秋白是不可原谅的了。

当时，世人也跟丁玲一样，感到不可理解：爱妻尸骨未寒，瞿秋白就早早再婚，于情于理都有点说不过去，更何况他们曾爱得那般如胶似漆。

事实上，瞿秋白从不曾将王剑虹忘却。她始终活在他的心中，直到他生命的最后一刻。

1935年，瞿秋白不幸被捕，被关押在长汀的国民党监狱。面对敌人的利诱、酷刑，他未曾有过一丝一毫的屈服。

他知道自己必死无疑，在生命的最后时刻，于囚室中写下了七首诗词。其中一首《梦回》饱含着对亡妻王剑虹的怀念：

山城细雨作春寒，料峭孤衾旧梦残。
何事万缘俱寂后，偏留绮思绕云山。

此时，王剑虹离世已11年之久，但是，她依然在他的心间隐隐作痛。即便是在“万缘俱寂”时，他仍“偏留绮思绕云山”地思念着她，绵绵不绝。

他对她的爱，诚如丁玲在《我所认识的瞿秋白同志》一文中写到的那样：“尽管他们这段生活是短暂的，但过去这一段火一样的热情，海一样的深情，光辉、温柔、诗意浓厚的恋爱，却是他毕生难忘的……剑虹在他心中是天上的人儿，是仙女……”

大爱稀声，这两个多情的人，以旷世绝笔为世人留下了一段心心相印、爱情不死的佳话，抒写的是一曲烟火拼尽全力的绚烂。

尽管短暂，但刻骨铭心！

爱到最后，却成了最亲密的老友

胡适致韦莲司

对于真正爱过的人来说，得不到或已失去，对他的爱情都没有伤害，因为他只活在自己的爱的世界里。

这种默默守护的爱，是润物细雨，是映世红日，有相思成海的坚守，有烟水两忘的气度。

只要爱了，便觉得这一生，心头无憾事！

最美的情话

“今天，我在你家吃了感恩节晚餐，我们都很尽兴。可是我觉得很难过，因为你无法和我们共度。”

“上周四夜晚，我深感惆怅，寒风吹落了窗前所有的柳条，竟使我无法为一个远去的朋友折柳道别。我甚至连照片都没拍一张。”

“我所需要的是一个舵手来引领我。然而，到目前为止，除了你以外，从来就没有一个人能够给我这个我真正需要的东西。”

“两个黄蝴蝶，双双飞上天。不知为什么，一个忽飞还。剩下那一个，孤单怪可怜；也无心上天，天上太孤单。”

“枫翼敲帘，榆钱入户，柳棉飞上春衣。落花时节，随地乱莺啼。枝上红襟软语，商量定，掠地双飞。何须待，魂销杜宇，劝我不如归？归期今倦数。十年作客，已惯天涯。况壑深多瀑，湖丽如斯。多谢殷勤我友，能容我傲骨狂思。频相见，微风晚归，指点过湖堤。”

“自我与子别，于今十日耳。奈何十日间，两夜梦及子……”

“在绮五日，殊难别去。”

“在过去悠长的岁月里，我从未忘记过你……”

“应念贞赫江上，有个同心伴侣，相望尚依然。”

-零-

情深五十年，一望是一生

赴美留学四年后，胡适遇见了一个让他铭记终生的人，那便是他的初恋。那场爱火，如同野火燎原一般，绵延了两人的一生一世。

那是一个叫艾迪丝·克利福德·韦莲司（Edith Clifford Williams）的美国女子，比胡适大6岁。不过，年龄在爱情面前永远不是阻碍。

在美国伊萨卡市北部丘陵地山道上的一座美丽宅邸里，客厅的暖炉前、抑或宅邸前的湖畔，都有她和胡适约会的身影。他们彼此倾慕，互为对方心中最理想的恋人。

一年间，因为情难自禁，胡适写给她的信竟达百余封。其间，他们经常见面，谈人生、谈理想、谈自由，或在郊外散步、或在公寓约会，看傍晚的日落，吹着微凉的晚风……将恋人间的风花雪月演绎得淋漓尽致，将恋人间的浪漫情节一一上演。

只是，他们这段爱情没有遇上对的时间，注定有缘无分。总有这样的阻拦或那样的阻碍挡在他们的爱情面前，让他们不得向前，无法靠近“执子之手，与子偕老”的美好。

他们的爱情，被一道道高不可测的围墙阻拦住了。

胡适并非一个敢爱敢恨的人，他没有勇气带着韦莲司跨越这一道道障碍。于是，他们不得不忍痛分手，不得不承受悲伤别离。

这之后，他回了国，留给韦莲司这个倔强女子的，是与他的那段美好爱情的甜蜜回忆。

在之后漫长的岁月里，韦莲司回味着这甜蜜，孤寂了一生。她在这世间再寻不到能给她这样甜蜜的男子了，于是将那段爱情当作了绝唱。

再相逢，已是十年后。她想飞蛾扑火，要定这爱情，然而，那时的他已有妻子。他们终是不能真正相爱，徒留遗憾和伤感。甜蜜的情话，终究只能在那些书信里流转。

有人曾说：“他和她的爱情，淡然得像友谊一样，纯洁得让人无法置信。五十年前，当胡适遇上韦莲司，便注定了之后五十年要发生的事情。那是五十年的隔洋相望。”

他们五十年深情的陈迹残影，皆留存在那些情书里，这是他们生命中最好的爱情。

－壹－
初遇时她不是美人，只是健谈者

1910年，胡适作为第二批庚子赔款留学的公费生，来到了位于美国伊萨卡的康奈尔大学。

刚到时，他在校外橡树街租屋居住。因性情本就开朗，他很快便融入了这个地方，经常去一些当地人家吃饭，和主人聊天，交往最密切的是韦莲司一家。不过，他们未曾谋面，因为那时韦莲司正在纽约学习绘画和雕塑，正接触着一些前卫的艺术家，而她那时的某个雕塑作品还被视为“触觉主义”的滥觞。因而，胡适结交的是除她之外的家人，尤其是她那“女王”范的母亲。她的母亲严谨、庄重，热衷于接待中国留学生。胡适的温文尔雅，很是讨她喜欢。

缘分，就是这样奇妙。

虽然胡适还未曾与韦莲司谋面，却已经对她的种种了解颇深。尽管她是一个地质学教授的女儿，但她没有接受过完整的教育。她喜欢自由，多年来一直在游历诸国，去过意大利、英国，还去过古巴等。而今，在美国她是“纽约独立艺术家”协会的成员。

所有这些“听闻”，都对来自中国安徽乡村的胡适产生了巨大的冲击。

1914年夏天，韦莲司正式出现在胡适的生活中。

他们初遇，是在韦莲司伊萨卡的家中，二人很快就熟络起来。于是，他们结伴出游，“循湖滨行，风日绝佳”。据说那天他们走到路的尽头，折向东边，走了数里地，到了一个名叫“厄特娜”的村庄，才掉头而归。刚刚雨过天晴，一路上“落叶遮径，落日在山，凉风拂人，秋意深矣”，好不惬意。他们走了三个多小时，相谈甚欢，却并不觉得天晚路长。

后来，胡适回忆往事时，将这些美好记忆一一写在了日记里。

后来的后来，他还为此填了一首词：“十年作客，已惯天涯。况壑深多瀑，湖丽如斯。多谢殷勤我友，能容我傲骨狂思。频相见，微风暖日，指点过湖堤。”

韦莲司是个重精神轻物质的女子，对于身在异国的胡适而言，如同满月般美好。他也给了她极高的评价：“其人极能思想，读书甚多，高洁几近狂狷，虽生富家而不事服饰；一日自剪其发，仅留三寸许，其母与姊腹诽之而无可如何也。”

事实上，他们是惺惺相惜的。

韦莲司，这个特立独行的美国女子，是张扬的、落拓不羁的，对世间法则充满了叛逆；胡适则英俊潇洒，儒雅绅士，聪明绝顶，只是被中国的传统束缚着。因此，韦莲司的出现，对他来说不啻于一道光芒照亮了他的世界，这是再怎么貌美如花的女子都不可比拟的——她这个新锐的女画家，以四两拨千斤的功力轻易地将胡适思想深处诸多的成见颠覆殆尽，并且教会了胡适原来还可以这样活着！

因为遇到了韦莲司，胡适对女子的观念大有不同。过去，他以为最好的女子是贤妻良母；现在，他明白最好的女子是能独立、能自由。

波普艺术的倡导者和领袖安迪·沃霍尔曾说："我其实不特别喜爱'美人'。我真正喜欢的是'健谈者'。对我来说，好的健谈者都很美丽。健谈者实际上是在'做'一件事。美人是在'当'一种人。跟在做事情的人在一起要有趣多了。"诚如此，原非美人的韦莲司于胡适而言，是让他心旷神怡的"健谈者"，这也是她的魅力得以一直保持的原因。

男女间的爱情，往往始于欣赏，进而爱慕。

胡适也是如此。和韦莲司在湖边漫步一个多月后，他热烈地给她写了一封情意绵绵的信，在信中如此写道：

我简直没法表示在过去的几个月里——多么短暂的几个月啊！——我是如何沉浸在你的友谊和善意之中。我不知道在此邦我这么说是不是不合适——一个朋友对另一个朋友说，她曾经是他最感念，也是给他启发最多的一个人，要是这么说有违此地的社交规矩，那么，我相信，这个社交规矩本身是不对的。

这是胡适写给韦莲司最深情的一封信，也是他现存的书信里，最为主动、最为柔情的一封。这之后，因为各种现实的牵绊，他再未写下过如此缠绵的信。而他这封书信，也被周质平称为“艳体”，被江勇振称为“少年维特式”，可见胡适对韦莲司的情是多么深，多么浓。

他爱慕她，想和她比翼双飞、步入婚姻。

- 贰 -
相爱，需要天意的馈赠

所有爱情，都有天意。不是爱了就能皆大欢喜，要有上天的成全才可以终成眷属。

胡适和韦莲司的爱情，就是最好的例子。尽管两人彼此吸引，互相爱慕，但总缺了一份顺理成章。他们将爱意只停留在心头，未曾在现实里轰轰烈烈地大爱一场。

究其原因，障碍颇多。

首先是韦莲司母亲的监视。她观念保守，无法容忍女儿和一个男子单独约会。那时的美国还处在一种比较保守的状态，男女间相处，无论聊天、郊游，还是其他，必须有一个中年已婚妇女同行，若一时找不到，也要有第三人在场，否则便会被视为伤风败俗，遭人闲话。这一次“独处”事件的发生，使得胡适和韦莲司此后多年的交往中，都会有韦莲司的母亲在旁“监视”。这让他们的相处受到极大的限制，即便心中有爱火熊熊燃烧，在她母亲面前也被硬生生地扑灭。于是，多年来他们俩虽相处颇多，却并无实质性的进展。渐渐地，这段爱情便悲哀地朝着友谊的方向发展了。

对此，胡适的心里倍感苦楚。有一年的感恩节，他照例去韦莲司家吃饭，但是恰巧韦莲司那天有事提前回了纽约，由此触动了胡适心底爱情的伤，当晚他给韦莲司写了一封倾诉思念之苦的信：

今天，我在你家吃了感恩节晚餐，我们都很尽兴。可是我觉得很难过，因为你无法和我们共度。

上周四夜晚，我深感怅惘，寒风吹落了窗前所有的柳条，竟使我无法为一个远去的朋友折柳道别。我甚至连照片都没拍一张。

其次是胡适母亲的阻止。

当他和韦莲司过从甚密的消息从异国飘回故乡时，街坊邻里都在茶余饭后闲谈，说他们胡家的大学士出洋娶了个洋太太，胡适的母亲便再也坐不住了。她连连托人写信，催胡适回家完婚。

与此同时，急坏的还有胡适的未婚妻江冬秀。

这个比胡适大一岁的女子，跟韦莲司的才学、见识都是无法相比的。她没读过多少书，固守着媒妁之言的约定，认为若被毁婚，自己这一生便被毁掉了。他们在十二三岁时便已订婚，她在家乡苦苦等待了他十几年，胡适若将她抛弃另娶，她将何去何从，情何以堪！

不过，她并不了解胡适。这个现代史上力主自由、独立新思想的标志性人物，在自己的婚姻大事上却是恪守着父母之命媒妁之言。缘由无他，只因他是孝子。被母亲独自抚养长大的他，深知母亲迫切希望他能有一桩美满姻缘的心，因而即便和韦莲司两心相悦，他也未曾动过悔婚另娶的念头。

其实，细细说来，那些原因都不是最主要的，最难以排除的阻碍还是他自己。

他一直有着自己的婚姻观和责任感，在他的心中，娶妻不一定要娶一个才女，因为他说过，“吾见有读书作文，而不能为良妻贤母者多矣”。他的观念里，妻还是贤良淑德的好。更何况，从母亲的信中，他深知江冬秀贤良淑德，尽得母亲的心。如此，就够了。若按着自己的心意来取舍，他不一定能娶到温良贤惠的女子。更何况，他并不是骨子里随性纵情的人。

因此，当母亲催促他时，他便决绝地保证肯定会学成回家娶江冬秀，之所以迟迟没有回国，全是因为学业未完，并非在国外娶了洋妻。此外，为安抚江冬秀那颗惶惶不安的心，他还时常给她写信，写情诗。

同时期的徐志摩曾说：“我将于茫茫人海里寻找我唯一之伴侣，得之，我幸；不得，我命。”对胡适而言，在他的爱情世界里，不曾有过这般的渴念。也因此，他和韦莲司的交往一直停滞在最初的暧昧上，没有前进一步。

他们单单停留在欣赏和仰慕上了，爱情发芽后就已夭折，虽然依旧常见面，常相聚，但是也仅限于沟通的共鸣。到最后，他们竟成了知己。相知，却不相爱；相依，却不缠绵，已全然不见爱情的影子。因此，后来在给韦莲司写信时，胡适写下过“吾乃淡荡人，未知‘爱’何似。古人说‘相思’，毋乃颇类此”之语，又为她填词：“我替君拾葚，君替我簪花。更向水滨同坐，骄阳更有树相遮。语深混不管昏鸦，此时君与我，何处更容他？”

这样的胡适，也真冷酷。

在那段长久的岁月里，他和韦莲司的交往自始至终一直是淡淡地来，淡淡地去，不曾陷入疯狂。而此时的韦莲司尚在睡梦之中，享受着他的朦胧爱意，不知他即将离去。

在这个世界上，“爱情”二字虽简单至极，却含义非凡，包含真与假、善与恶、美与丑，覆盖欲望、贪恋、孤独、温暖、回忆、情感、沉沦……

因而，若要获得爱情，不是爱了就可以，有时真需要天意的成全。

– 叁 –
分别，才知情浓

韦莲司，是在胡适离开之后才发现自己已经深深爱上他的。

在他们分离十年后的书信里，她对胡适说，当她听到胡适的婚讯时才真正认识到，那对自己是一个多么巨大的割舍。在那封信里，她也写道：“我想，我当时完全没有和你结婚的念头。然而，从许多方面说，我们‘在精神上’根本就是早已结了婚。因此，你回国离我而去，我就整个儿崩溃了。”

这个一向光风霁月的女子，在胡适对她说出回国计划时，她还未察觉到自己已经爱他入骨。她做出了不可理喻的小女子情态，要求胡适务必兑现去伊萨卡的承诺：“我知道这很自私，但是，我就是要！”

可是，见了面又如何？她没有考虑过让他留下，而他早已办好了回国的手续。

有缘相见、无缘相守的结局早已注定，什么都不会改变。

真正离开时，胡适也有了离愁别绪。他在归程中不断给她写信，感叹“美国渐渐地落到了我的后面”，说“离开伊萨卡对我来说，真不是一件容易的事。离开你则更不容易，你的友谊丰富了我的生活，也深化了我的生命，想起你就让我喜悦”，也跟她谈自己在途中的见闻、经历，然后他回到了上海，逆江而上，回了安徽老家。

回国的那年9月，他还深情地写过这么一首诗：

> 我笑你绕太阳的地球，一日夜只得打一个回旋；
> 我笑你绕地球的月亮，总不会永远团圆；
> 我笑你千千万万大大小小的星球，
> 总跳不出自己的轨道线；
> 我笑你一秒走五十万里的无线电，

总比不上我区区的心头一念，
我这心头一念：
才从竹竿巷，忽到竹竿尖
忽在赫贞江上，忽在凯约湖边；
我若真个害刻骨的相思，
便一分钟绕遍地球三万转。

同年12月，他也写下了这样的诗句："江上种藤人，今移湖上住。相望三万里，但有书来往。"

只是，他的爱远没有她的爱多。

想起作家林白说的："同心爱者不能分手。"但又如何能做到呢？

是的，远在伊萨卡的韦莲司，收着胡适一程又一程的信，心中便徒然仅剩渺茫了。并且在他的信里，他将自己跟江冬秀的婚礼、生活一一对韦莲司诉说，让她整个人都遍体鳞伤。这在十年后她未给他寄出的信里可以清楚地看出来。她说："自从接到你1917年11月的那封信后，我就再也没有勇气去读你的旧信了。这让人痛心的后知后觉，在你离开之后，我发现我爱上了你，在你离开很久之后，我发现这爱，竟然深入骨髓，无法忘记。"

一如言情小说家们说的那般——爱是之子靡他，爱是毫无保留地付出，爱是千山万水里的怦然心动、心泛涟漪，即便只对着自己一个人演绎，也是在所不惜、奋不顾身的。因此，那么多年里，韦莲司将所有的深爱，都变成了远在大洋彼岸的眺望。

隔山隔海，不能晤面谈情，随着时间的推移，两人渐行渐远，直至十年后，他们才有了重逢的机会，继续联系起来。别后经年，重逢时早已物是人非，只是某些情愫还在。

她在信中说："你飞降下来，在一只棕色小鸟的鸟笼外驻足了片刻。她瑟缩在一个角落里，一圈圈铁丝紧紧地匝在她凌乱的羽毛上。鸟笼外站立着的是一只天堂鸟，他有一双坚实的翅膀和一身柔丝般的羽毛。笼中的小鸟挣扎地走过去摸了一下他的羽毛，铁丝刺痛了她的身体。请原谅这只棕色的小鸟，她痛得几乎昏了过去，根本就忘了唱歌给你听。"

后来有作家如此形容他们那时的光景："疼痛来自爱情。他站在她面前，昔日的爱历经时光的洗涤却瞬间回黄转绿，尽管他已经结了婚，有了三个孩子，而她，退回家庭，衰老，寂寞，甚至还有一点点自卑，但有一种感情犹如被风抚平的沙滩，恢复到了原状。"

是的，在眺望中，她已衰老，不似过往朝花怒放，更何况她本就不是美人，年岁渐老里亦不曾散发出"半老徐娘"的韵致。然而，她依然爱他，不被年龄左右，不被时光左右，亦不被容颜左右，就那么恒久地将他铭记于心。

不过，她是善良而理性的，不会被爱情的狂热冲昏头脑。即便爱得痛到不能自已，她也选择了隐忍，将守望进行到底。于是，她写信给胡适："你是塑造了一个幻想中的女子。亲爱的适！就让我们继续以礼相待，否则你珍爱的女子就会消失了。"

恰好在同一天，胡适也给她写下这样的信："在过去的悠长岁月里，我从未忘记过你……我要你知道，你给予我的是何等丰富……我们这样单纯的友谊是永远不会凋谢的。暂且别过，好好珍重。"

暂且别过，好好珍重。

她获得过爱情，但终究没能延续。她仿佛从中体会到真理，将那份对他疯狂的爱，转变成一场婚礼作为了结——她在心里与他举行了一场婚礼，用整个生命对胡适说：相亲相爱，至死不渝。

完成这样一场婚礼后，她不再纠结，而是情真意切地给胡适写信道："你所需要的，是一个有智慧的我，一个能跟你合作、能够全心投入你所选择的人生大业，一个能对你做谏诤、能劝阻提醒你，让你能全力以赴的我……我这辈子从来没有像现在这样，必须跟这样一个澎湃无比的力量搏斗着，我要做的是：第一，保持神经健康，有必要转移心力；第二，厘清脑筋，工欲善其事，必先利其器；第二之第二、专精、不旁骛，尝试去了解。课业：新宗教、新宗教为何；静坐，读德文、中文；转移心力：做庭院工作、定心想单纯的事物。”

就此，在后来漫长的岁月里，她担任着胡适精神上的知己角色，再不曾为任何一个男子动心，只守护着对胡适的这份爱终老，一生未嫁！

- 尾语 -

古诗词里等待的女子颇多，都“梳洗罢，独倚望江楼”，在“过尽千帆皆不是，斜晖脉脉水悠悠”中虚度光阴。

像韦莲司这样将爱情私有、不计得失、勇敢前行并不被羁绊的女子，少之又少。

所以，即便他给不了爱她的承诺，她也能做到傲然于世。

她的爱，她的生活，都不会看别人的眼色。她活在这世上，不是为其他任何人而活，包括胡适。就如她自己所说，在胡适身上，她没有看到像另一个男性朋友那样的爱和对美的鉴赏力。

但那又如何，她只爱给自己看，所以这些都不能妨碍到她，她依然持之以恒地爱着他。

一切释然后，她回到了他们初识之时，没有怨恨、芥蒂，只有欢愉。他们成了最亲爱的老友，一起谈人生、文学、宗教、政治……只是，唯独再不说爱情。

“子之汤兮，宛丘之上兮。洵有情兮，而无望兮。——你的舞姿风流跌宕，在那宛丘之上。我对你岂能没有情意，但没有任何指望。”

这也许是对他们爱情的最好注脚。

世上一切算什么，只要有你

朱生豪致宋清如

孤单不是与生俱来，而是由你爱上一个人的那一刻开始。

有太多的爱情，会像水泥缝隙里的花朵，像没有风吹过的寂寞森林。幸好还有一种爱情，即便远隔千里，有了深深的孤单，隔了流年，依然可绚烂绽放在午后的艳阳之下。

若是真爱，时间和距离都不会是阻碍。

最美的情话

“你如不爱我，我一定要哭。”

“我愿意舍弃一切，以想念你终此一生。”

“总之你太不好，我这样不快活！再没有好日子过了，再不会笑了，糖都要变成苦味了，你也不会待我好了。总之这样下去是不成的，我宁愿出监牢。”

“我一天一天明白你的平凡，同时却一天一天愈更深切地爱你。你如照镜子，你不仅会看得见你特别好的所有，但你如走进我的心里来时，你一定能知道自己是怎样好法。”

“我希望世上有两个宋清如，我爱第一个宋清如，但和第二个宋清如通着信，我并不爱第二个宋清如，我对第二个宋清如所说的话，意中都指着第一个宋清如，但第一个宋清如甚至不知道我的存在。要你知道我爱你，真是太乏味的事，为什么我不从头开始起就保守秘密呢？”

“接到你的信，真快活，风和日暖，令人愿意永远活下去。世上一切算什么，只要有你。我是，我是宋清如至上主义者。人去楼空，从此听不到‘爱人呀，还不回来呀’的歌声。愿你好。”

“我的自名为‘Lucifer’，不过是僭窃名号，聊以自娱而已，但比起你来，确乎我更有做魔鬼的资格，而只好委屈你做天使了。”

“要是我死了，好友，请你亲手替我写一墓铭……不要写什么在碑板上，请写在你的心上，‘这里安眠着一个古怪的孤独的孩子’，你肯吗？”

－零－
醒来觉得甚是爱你

在浙江省嘉兴市南湖区禾兴南路73号朱生豪故居门口，矗立着朱生豪和宋清如这对患难情深的伉俪的雕像。他们紧紧依偎着，一个脸庞微侧，一个深情凝望，似在喁喁私语，又似在深深陶醉，禾兴南路上飞扬的尘土未曾沾染他们一丝一毫。

雕塑下方，镌刻着的是朱生豪未曾给宋清如寄出的信：“要是我们两人一同在雨声里做梦，那意境是如何不同；或者一同在雨声里失眠，那也是何等有味。”

世人知有宋清如，皆是因为朱生豪。

那一年，他们在杭州的之江大学初识，很快陷入热恋。只是相处太短，短浅的一年光阴，他们就面临分离。朱生豪毕业离开，去了上海；宋清如还要继续学业。那个年代的人，并不像现代人洒脱，上演不了毕业就分手的戏码。于是，他们开始了异地恋，坚持了十年才得以团聚。

朱生豪因为性格清高，并不喜欢上海那个世故的城市，在那里的苦闷生活中，他唯一的感情抒发方式是给在杭州的宋清如写信。

诚如朱生豪翻译过的莎翁的美文，他和她这段时间的过往，回想起来时，“如同这虚无缥缈的幻境一样，入云的楼阁、瑰伟的宫殿、庄严的庙堂，甚至地球自身，以及地球上的所有一切，都将同样消散，就像这一场幻境，连一点烟云的影子都不曾留下”。他不会觉得痛苦，因为信的那端，始终有她在。

那一年，他已31岁，她也30岁了，苦恋九年，终于修成正果。

婚后，他们很穷，很穷。不过，他们却因为彼此深爱，毫不在意。

战争、贫穷和饥饿，都未能阻挡他们相爱、相守。他一心沉浸在翻译莎翁的事业中，她则挽起衣袖，一心为他做羹汤。他不管世事，她则为每日三餐奔走。

都说“贫贱夫妻百事哀”，但这对朱生豪和宋清如来说却并不适用，因为即使生活一贫如洗，他们也能在其中找到幸福。

只是，他们有甘于贫穷的心，却没有抵抗贫穷的能力。这样温存的日子并没有持续多久，他就病了，没钱看病，也没时间看病。而她恰恰在这时怀孕了，既要做饭洗衣，又要照顾他，还要借钱养家。

他彻底病倒了，他们的孩子也出生了，令她悲喜交加。

他终究没能译完所有的莎剧，带着遗憾撒手人寰，离开了她和还在襁褓里的孩子。那时，她32岁，孩子只有1岁，可谓孤儿寡母。

这样的现实，未免太过残忍。他们因为战乱而不得已分离了十年，好不容易终成眷属，却在结婚不到两年半的时间里又阴阳相隔，这境遇如何不让人感到绝望？

一个英年早逝、壮志未酬，留给另一个的是长达半个世纪的守望和相思。

- 壹 -
爱你像爱一首诗一样

宋清如出生于江苏常熟西张栏杆桥的一个地主家庭，是一位大家闺秀。

她在家中排行第二，因天性聪颖好学，深得父母宠爱。在她7岁时，父母为她专门延请了一位秀才来家中当她的启蒙老师。当《三字经》《千字文》《闺门女训》《古文观止》等已不能满足她时，她违拗着母亲的意见，执意进了洋小学。

不过，这个得来的学习机会也是有代价的，代价是向母亲保证将来不要嫁妆钱。

去之江大学时，她已然是一个特立独行、语出惊人的才女了。

“女性穿着华美是自轻自贱”“认识我的是宋清如，不认识我的，我还是我”——当她的这些言论一出，便让同学们对她刮目相看，也吸引了不少异性的目光。不过，最吸引人的，还是她的诗才，就连当时著名的《现代》杂志主编施蛰存读了她的诗稿后，也被她深深折服，竟破天荒地给她回了一封长信，称她“一文一诗，真如琼枝照眼……真不敢相信你是一位才从中学毕业的大学初年级学生……我以为你有不下于冰心之才能……”评价非常之高。

在之江大学，她凭借满腹才情顺利进入了诗社。就是在这里，一对才子佳人得以相遇，正如“金风玉露一相逢，便胜却人间无数”。

那时，素有“之江才子”之称的朱生豪已是四年级学生，当宋清如入社的诗作《宝塔诗》传阅到他手中时，他在文字间感受到一股亲切。从此，他们开始了频繁的诗词酬和。

多年来在同学和朋友们眼中寡言内向的朱生豪，却对宋清如表现出少见的热情和主动来，为宋清如写下了无数动情的诗和信。比如“楚楚身裁可可名，当年意多亦纵横，同学伴侣呼才子，落笔文华绚不群。招落月，呼停云，秋山朗似女儿身。不须耳鬓常厮伴，一笑低头竟已倾”，又如“我的野心，便是想成为你的好朋友；现在我的野心，便是希望这样的友谊能继续到死时。谢谢你给我一个等待”。

自古以来，诗人的感情总是比常人炽热、忘我。

一生中，我们能有几次这种打碎了糅进去的深情？至多一次吧？因此，在对的时间里遇见对的人时，尽情去爱就是了。这一生再没有比爱一个人，更值得过的了。

只是，时光无情，岁月残忍，即便深爱，有时也并不能相伴太久。

在他们爱慕着彼此的一年后，他们不得不面临别离。

那时，朱生豪毕业离开学校，去了上海。不过，离别的只是距离，两颗心仍是紧紧相依的。在临别之际，他曾赠给宋清如两首词——

忆昨秦山初见时，十分娇瘦十分痴，席边款款吴侬语，笔底芊芊稚子诗。交尚浅，意先移，平生心绪诉君知。飞花逝水初无意，可奈衷情不自持。（其一）

浙水东流无尽沧，人间暂聚易参商。阑珊春去羁魂怨，挥手征车送夕阳。梦已散，手空扬，尚言离别是寻常。谁知咏罢河梁后，刻骨相思始自伤。（其二）

他将真情实意都写进了词句之中。

那时，宋清如仍在杭州继续学业，也用书信回应着他，并时常向他讨教如何作诗，如此一来二去，两人的情意便如藤蔓一般缠绕不清了。朱生豪对她的无限爱恋，在对她的称呼中表露无遗，如“宝贝”“妞妞”“傻丫头”“亲亲”“宋儿”“小鬼头儿”等，细细数来，竟有七十余种。写情书的频率亦非常之高，两三天一封是常事，一日一封也是时有发生。

他是那么狂热地爱上了她，将满满的相思、情真意切、缱绻缠绵都付诸笔端。

他写“我实在喜欢你那一身的诗劲儿，我爱你像爱一首诗一样”，他又写“风和日暖，令人永远活下去。世上一切算得什么，只要有你。我是，我是宋清如至上主义者”，他还写“我的快乐即是爱你，我的安慰即是思念你”。

……

一个女子若能遇见这样一位深情又有才情的男子，定是三生有幸。宋清如便是。

宋清如也用深情的笔触回应着他的深情款款，最经典的是一首《蝶恋花》：

愁到旧时分手处，一桁秋风，帘幕无重数。梦散香消谁共语，心期便恐常相负。

落尽千红啼杜宇，楼外鹦哥，犹作当年语。一自姮娥天上去，人间到处潇潇雨。

此后，因为时局的动荡、世事的不安稳，他们一别竟是十年之久。

这十年，漫长而坎坷，生活严峻地考验着他们。曾经，朱生豪为她写下了如此情话：

做人最好常在等待中，须是一个辽远的期望，不给你到达最后的终点。但一天比一天更接近这目标，永远是渴望。不实现，也不摧毁。每发现新的欢喜，是鼓舞，而不是完全的满足。顶好是一切希望化为事实，在生命终了前的一秒钟。

他们的离别之苦，在他写给宋清如的那些文字间表露无遗："似乎我每次见了你5分钟，便别了你一百年似的。""我并不愿自拟为天才（实在天才要比平常人可怜得多），但觉得一个人如幸而逢到一个倾心相交的友人，这友人实在比全世界可贵得多……如果我有希望，那么我希望我们不死在同一空间，只死在同一时间。”

常常阅读它们，埋头苦写的朱生豪如在眼前，让人心生怜爱。

也许，正因为有着这样的精神宽慰，他们才坚持走过了这十年艰难的时光，终于在1942年5月1日于上海完婚。

- 贰 -
生活最甜蜜的是陪伴

他们是才子佳人，也是柴米夫妻。

这是他们的老师兼婚姻介绍人、一代词宗夏承焘，在他们结婚之际送给他们的一副对联中的题字，极其恰当地形容了他们当时的情境。

那时，他们困难重重，连举行婚礼的衣服竟然都是借来的。然而，物质断然不会在两个深爱之人心底成为生活的艰难险阻，因为他们有着最为忠贞的信念：“虽说春天是真值得迷醉，因为有更真的金刚石样坚硬的信心，不灭的刚强的结晶在灵魂里转，不经心会被火焚成灰烬，你可甘心？”

因此，结婚之后，他们虽然过得清苦，却充实而惬意。朱生豪将所有精力付诸翻译莎翁的著作，宋清如则夫唱妇随地担任他最忠实的助手和伴侣。朱生豪曾对宋清如说道："我很贫穷，但我无所不有。"言语间，全是对婚后生活的满足。为了增添生活乐趣，他们俩根据各自的爱好，一起选编了《唐宋名家词四百首》作为"课间休息"，如同宋代的李清照和赵明诚在"归来堂"里"斗茶"一样甜蜜和谐。

可是，生活的清苦如同丑恶的痕迹，是任何愉悦都抹杀不了的。

他们所在的常熟，因是日军清乡区，尽管朱生豪已然化名为朱福全，也从不上街，还是随时面临着威胁，为此他们决定搬到嘉兴东米棚去躲避日军。这里是朱生豪的老家，却因为久未曾来此，家里清贫如洗，一张榉木账桌、一把旧式靠椅、一盏小油灯、一支破旧不堪的钢笔、两本辞典，便是他全部的工作家当。

在如此贫寒的情况下，宋清如彻头彻尾地成了为朱生豪"洗手做羹汤"的贤妻。

为了翻译莎翁作品，朱生豪废寝忘食，对周遭的世界完全不管不顾；而一直恋他懂他的宋清如则不再是什么佳人，而是辛勤的家庭主妇，每日为三餐奔忙，帮工做衣，只要可以补贴家用，什么都做。她一个堂堂大家闺秀，也不得不学会"算计"。

每月上旬，她会一早把一个月的米买好，然后尽可能地省去不必要的开支，例如刷牙用盐来代替牙粉；朱生豪的头发长了，她便亲自为他修剪；买菜、做饭，从不去外面吃，一切吃食她都亲力亲为；没有钟，起床便以天明为准；没有电灯，灯油自是极其节约地省着用……

拥有如此贤惠的妻子，朱生豪倍感幸福，对她极为依赖。

有一次，宋清如回常熟娘家过年，离开了大概二十天，朱生豪便觉得极为煎熬，尤其是在湿漉漉的、带着伤感气息的雨天。宋清如即将回来之际，恰是雨天。于是，他站在后园一株杏梅下等宋清如回家，花瓣被雨一片片打落，他就将这些花瓣捡起，掬在手里抚着呵着。古有林黛玉葬花，今有朱生豪掬花，皆是一份怜惜的哀伤。他每捡起一片花瓣，就在纸上写下一段想念宋清如的话，他连饭都几乎不吃。宋清如回来时，他已收集了一大堆花瓣。

宋清如回来后，看到憔悴成如此模样的朱生豪，不禁心疼得流下了泪水。自此，她再也舍不得离开他了。

如今，他们这段缠绵悱恻的爱恋，还可以从朱生豪当时写下的字句间深深感受到：

昨夜一夜我都在听着雨声中度过，要是我们两人一同在雨夜里做梦，那境界是如何不同，或者一同在雨夜里失眠，那也是何等的有味。可是这雨好像永远下不住似的，夜好像永远也过不完似的，一滴一滴掉在我的灵魂上……

在那段悠长的岁月里，他们是彼此最好最温暖的陪伴，谁都不可缺失。

- 叁 -
你的死亡，带走了我的快乐

困顿的生活、超负荷的工作，加之身体本就不好，朱生豪终于病了。

然而，他没钱看病，也没时间看病。而这时，宋清如还怀孕了。她既要做饭洗衣，还要借钱养家，承受着生活和精神的双重压力。

恰好这时，他们的孩子出生了，带给她满心的喜悦，也带给她更大的煎熬。一家三口只能在饥寒交迫中艰难度日。

最终，他带着无法翻译完剩下五部半莎翁作品的遗憾，以及对她和孩子的不舍，离开了人世。

那时，孩子1岁1个月，宋清如32岁。

他去世一年后，宋清如写下如此悲怆的文字："你的死亡，带走了我的快乐，也带走了我的悲哀。人间哪有比眼睁睁看着自己最亲爱的人由病痛而致绝命时那样更惨痛的事！痛苦撕毁了我的灵魂，煎干了我的眼泪。活着的不再是我自己，只像烧残了的灰烬、枯竭了的古泉，再爆不起火花、漾不起漪涟。"

正当大好年华，又风华绝代，却遭遇如此残酷的命运，一般女子多会选择一死了之，抑或就此沉沦。这两种解脱的方式，轻易便可完成，或许宋清如也曾这样想过。然而，她不能这样，因为她身上还肩负着他未完的使命：有尚未出版的31种、180万字莎翁作品译稿，否则无以疗慰他的在天之灵；还有他们的幼子，那么小，正嗷嗷待哺。

一个人一旦有了使命，也就有了活下去的勇气。失去了挚爱的宋清如，便是如此。

她的后半生，只为两件事而活：出版朱生豪的译稿，抚养他们共同的孩子。她的生命，已不单单是她自己的生命，更是他们两个人的生命。他们合二为一，她做他没来得及做完的事，看他没能看过的人生风景，等到有一天她与他在另一个世界中相聚，她好一一说与他听。

失去朱生豪的生活，她常常感到无法承受。她过得十分清苦，一个弱女子除了照顾稚子，还要工作，可想而知多么艰难。更何况，她还是一个心思细腻的诗人，常常感到孤独，内心何其煎熬。

这时，有一个男子出现在了她面前——她的之江同学骆允治。

当时他正在杭州高级中学担任总务主任，便将她调入这所学校，让她获得更好的待遇。在杭州高级中学，他对她的照顾颇多。宋清如当时的学生骆寒超回忆当时的情况，说宋清如生病不能上课时，常常是骆允治给她代课。他们之间渐渐产生了一些情感纠葛，但最终没能在一起。

或许，在她的爱情世界里，自始至终只对一个男人用过情。他的名字叫朱生豪。曾经，他将对她的依恋写在脆薄的纸端上，就此镌刻在她的心尖，再无人能触及！

- 尾语 -

朱生豪的一生，如秋风一般扫过，宋清如则如秋叶般寂寞地度过了漫长的岁月，那些承载了太多甜蜜记忆的书信成了宋清如最好的陪伴。

1977年，在外漂泊三十余年的宋清如回家了，回到嘉兴南门朱氏老宅，住在楼下北面的一间偏屋内。

这一年，她已经67岁。

这间小屋里有着太多关于朱生豪的记忆。墙上挂着的是朱生豪的炭画像，床是朱生豪生前睡过的床，许多旧的家具也是朱生豪当年参与置办的。

年老的宋清如，就这样在这间老屋里依靠着关于他的回忆来过活。

他们的儿子朱尚刚曾回忆，老年的母亲把一切都看得很淡了，唯有父亲仍然是她心目中永远清晰的偶像，母亲在她最后一段生活道路上，把剩下不多的全部精力都用来塑造这个偶像了。

当更多的人阅读到朱生豪翻译的莎翁作品时，皆为其卓然的文风震撼不已，又惊闻他的遗孀宋清如先生还住在朱氏老宅时，都纷纷前来，请她讲述她跟朱生豪的过往种种。

那时的她，只淡淡地回忆初次相识时的情景："那时，他完全是个孩子。瘦长的个儿，苍白的脸，和善、天真，自得其乐地，很容易使人感到可亲可近。"

这是她镌刻于心，任岁月风吹雨打都无法抹杀的记忆。

有文人惊动于他们的情缘，也因他们的书信而感动，于是想公之于众。她对此却是犹豫的，她始终将这些视为他和她的私人财产，从未想过要公之于众。赤裸裸地将她和他之间的情感展示给世间人看，是她无法想象的。

面对出版意向的询问，她断然拒绝："我不出版！……我打算在临死之前，把它们一把火统统烧掉！"还好，出于某种原因，她没有烧掉它们，并且在她编写的《寄在信封里的灵魂》与她的儿子朱尚刚编写的《朱生豪书信集》两书中，那些绝美的书信出现在了世人眼前。

1995年11月18日，一个天气晴好的日子，满头银丝的宋清如在秀州书店门口签名售书。

她穿了一件黑色粗布呢的褂子，眼神苍茫，让人寻不到一丝曾让大文豪朱生豪为之诗思泉涌的灵动。当故事隐去，那时的宋清如前后判若两人，明眸里蓄满了愁思，尽显沧桑。

她是真的老了，心老了。此刻，她已完成了最重要的两件事，只等着去与他相聚。

世人再无法看到那个恋爱中的女子的风姿了，看到的只是一个寡言的男子在纸上的情深似海。诗文酬唱，于他们两人而言，早已成奢望。

或许，只需记住朱生豪笔下的宋清如穿着旗袍、清秀娴静、意气风发的样子就足够了。那时的岁月里，还有如此一段爱情，想起来就让人心生温暖。

1997年，她聆听仙乐而去。

她带着朱生豪翻译的莎翁作品和承载着朱生豪灵魂的情书，同他一起合葬于地下。

他们在另一个世界一同做梦，一同失眠，一同倾听雨声。今后，再没有什么可以将他们分开。

你是我幸福的所有理由

钱锺书致杨绛

生命如花，爱情是蜜。

人活着总要爱一回。爱情不是数着日子过去，而是让每个日子都变得有意义。有的是：你在的时候，你是一切；你不在的时候，一切是你。爱是永恒的信念。好的爱情，是你通过一个人看到整个世界；坏的爱情，是你为了一个人舍弃世界。

在这个世界上，唯有爱和深情不可被辜负。

最美的情话

“我见到她之前，从未想到要结婚；我娶了她几十年，从未后悔娶她；也未想过要娶别的女人。”

“颉眼容光忆见初，蔷薇新瓣浸醍醐。不知腼洗儿时面，曾取红花和雪无。”

“风里孤篷不自由，住应无益况难留。匆匆得晤先忧别，汲汲为欢转兼愁。雪被冰床仍永夜，云阶月地忽新秋。此情徐甲凭传语，成骨成灰恐未休！”

“销损虚堂一夜眠，拼将无梦到君边。除蛇深草钩难着，御寇颓垣守不坚。如发篦梳终历乱，似丝剑断尚缠绵。风怀若解添霜鬓，明镜明朝白满颠。”

“赠予杨季康，绝无仅有的结合了各不相容的三者：妻子、情人、朋友。”

“最贤的妻，最才的女。”

- 零 -
如此星辰如此月

这世上的爱情，也许本身就是不公平的。有的人那么幸运，在最好的年华遇到可以相守终生的人；有的人却似被命运无情地玩弄，过眼的都是烂桃花；还有的人，是被上天遗弃的，属于他的爱情久久不来，最后只能自嘲“黄金剩斗士”。

钱锺书和杨绛，属于最幸运的人。“我见到她之前，从未想到要结婚；我娶了她几十年，从未后悔娶她；也未想过要娶别的女人。”这样朴素的一句话，比“我爱你”更让人心动。

如果你相信人有前世今生，一定也会将这样的爱情归为“命中注定”。他们只是在清华大学古月堂门口偶然相遇，便都觉得对方是那个自己要找的人。

杨绛觉得他眉宇间有一种“蔚然深秀”之气，看着便入了迷；钱锺书则被她那如水的眼眸、似花的红颊所吸引。她身上那股清新脱俗的气质，令他久久无法忘怀。他为此写下了“颉眼容光忆见初，蔷薇新瓣浸醍醐”这样美丽的文字，以铭记心中满溢的惊艳之感。

就此，他们之间的一段旷世情缘便如朗朗明月一般，照彻世间。

这一年，杨绛先生22岁。

从那之后，他们慢慢靠近，顺利地成了恋人。他们真是上天眷顾的宠儿，在那个世俗的年代，他们的爱情经得起各种世故的标准考验：他们门当户对，双方家庭都是江南声名显赫的世家；他们才学相当，互为彼此的心灵知己。对于他们的恋情，无人反对，获得的都是祝福和羡慕。

他们相扶相守一起生活了63年，在不安稳的岁月里创造着安稳与美好。她与他比赛读书，比赛做学问，一起走过那些或甜蜜或艰难的岁月。他们的灵魂始终处于完全平等的高度上。

这是她理想爱情的样子，于他亦然。

他发愿的那句“从今以后，咱们只有死别，不再生离”，至今依然荡气回肠，让无数人感受到爱情的美好。

-壹-
命中注定爱你

出身于江苏无锡书香门第的杨绛，清逸温婉、知书达礼。

1928年，她高中毕业，本来心心念念要报考清华大学外文系，谁知那年清华大学虽开始招收女生，在南方却没有设置名额。无奈之下，她只得选择了东吴大学。

1932年年初，东吴大学因为学潮而停课。本要读大四的杨绛，为了顺利完成学业，毅然北上京华，借读于清华大学。就此，她终于圆了上清华的梦。那时，为了到清华，她放弃了美国韦尔斯利女子大学的奖学金。

或许，缘分在此时已经注定。冥冥之中，他们之间的缘分正召唤着她姗姗而来。

很快，在那年3月的某一天，在幽香袭人的古月堂门前，她和他蓦然相遇。

那一天，他着青布大褂，穿一双毛布底鞋，戴一副老式眼镜，目光炯炯有神，谈吐机智幽默，浑身散发着儒雅的气息。那一天，她优雅知性，如一朵馨香馥郁的花，开在他的眼前。

他们一见如故，侃侃而谈，忘了时间，忘了他人，迫切地澄清起关于自己的绯闻来。他说："我没有订婚。"她则紧张地回答道："我也没有男朋友。"

就这样，他们如此明显地暗示着自己的心意。这种一见钟情的场景，被人谈起也成了一个欢喜的故事。

诚如一部剧的名字——《命中注定我爱你》，说出的正是他们的心声。

他们恋爱了，如胶似漆。

约会、通信这些恋爱的寻常桥段，自然不会少。但最动人心弦的还属他写下的那一封封滚烫的情书。她的那颗心，在这些炙热的文字里融化了，如雪，如水，不露痕迹。

她同样文采斐然。某一次，她的回信不巧落在了钱锺书父亲钱基博的手中。钱基博突发好奇之心，于是悄悄拆开信件看了，看完后竟喜不自禁，大加赞赏道："真是聪明人语！"

原来，她在信中写的是："现在吾两人快乐无用，须两家父亲兄弟皆大欢喜，吾两人之快乐乃彻始终不受障碍。"如此深明大义的她，深得钱基博的欢心，他十分欣慰能有她这样一个思维缜密、办事周到的女子，陪伴不谙世事、一团痴气的儿子一生一世。

1935年，两人顺利步入了婚姻的殿堂。

溯源而追，他们这段缘分早在1919年即已注定。

她的父亲杨荫杭和他的父亲钱基博，都是无锡本地的名士。两家交情不浅。那一年，8岁的她曾随父母到他家做客。只不过，那时两人年纪都小，谁都记不得谁罢了。不过，或许正是这段经历开启了他们两人之间的“前缘”。

二人的结合，可谓天造地设。

- 贰 -
赌书消得泼茶香

婚后的杨绛和钱锺书，可谓“琴瑟和弦，鸾凤和鸣”。

他们俩堪称珠联璧合，一个“如英气流动之雄剑，常常出匣自鸣，语惊天下”，一个“如青光含藏之雌剑，大智若愚，不显刀刃”。

他们的婚姻生活单纯而温馨，令人艳羡。

某些时刻，他们相处的生活画面，会让人想起才女李清照和赵明诚那段“赌书消得泼茶香”的美好时光。在最美的时光里，有最爱的人相伴，便是满满的幸福。

不久，他们去了英国，因为钱锺书考取了中英庚款留学奖学金，要到牛津读书，杨绛便毫不犹豫地中断了在清华的学业，陪同丈夫前去，照料他的一切。

异乡的生活里，美好的细节更是比比皆是。初到牛津，因不习惯异国的生活，杨绛便心生乡愁。钱锺书一向笨手笨脚，为缓解杨绛的这种不适，慰藉杨绛的心，便在一天早上，趁杨绛还在睡梦中时，即起身到厨房去做早餐。这顿早餐很是丰盛，有煮鸡蛋、烤面包、热牛奶，还有醇香的红茶。钱锺书也算是暖男，他不仅做了丰盛的早餐，还体贴至极地把一张用餐小桌支在了床上，并将美味的早餐放在上面，这才将杨绛叫醒。当杨绛坐在床上享用完这顿充满爱意的早餐后，忍不住幸福地对钱锺书说：“这是我吃过的最香的早饭。”

这一番言语，称得上最美的情话，让钱锺书感到莫大的满足和欣慰。

他们的美好生活瞬间，还有无数。比如，他们一起开展读书竞赛，像曾经的李清照和赵明诚一般，比谁读的书多。通常，两人所读的册数是不相上下的，不过比赛过程令人心生暖意，读读写写，于嬉嬉闹闹之间让日子从指间悄然溜走，留下无数悠悠情趣，羡煞世人。

杨绛怀孕了，可把钱锺书高兴坏了。他虽潜心学业，攻读书籍，却并未减少对杨绛的关心和体贴。他开始学做家务，为的是能多分担一些劳动，让杨绛好好养身体。他的欢喜，亦时刻流露出来。一日他就像痴人一般对杨绛说：“我不要儿子，我要女儿——只要一个，像你的。”

一个人得有多爱对方，才能生出这般痴心呢！

杨绛对他也很好。满腹经纶的大才子，在生活里却是出奇地笨拙，因而学习之余，她几乎将生活里的一切杂事都揽了下来，做饭做衣、修窗换灯，无所不会。她生女儿住院时，第一天，他到医院探她，说，我打翻了墨水，弄脏了房东太太的桌布。第二天，说，台灯坏了。第三天，说，门轴两端的钢珠掉了。她一律回答“不要紧”。果真，她出院回家后，桌布变白了，台灯、门轴统统修好了。他如同孩子一般，沉溺在她的爱里。

不得不说杨绛是个聪明的女人，她爱钱锺书，也包容他的缺点，从不试图去改变他。他们相伴的63年间，她从未拿任何家务事去烦扰他，即便遇到了麻烦，只要自己能解决掉的都不会告诉他。她的爱促使她只与他分享幸福，将烦恼都留给自己，因为分享幸福会获得双倍的甜蜜，而烦恼却并不会因两个人一起分担而变得更少，反之，常常会徒增焦虑和争执。

世间有无数的爱情从童话走向悲剧，多是因为其中一方甚至双方寄希望于永恒的快乐，由是抱怨暗生，争执亦多，直至走向破碎的结局。

杨绛早已看透这些相处之理。在爱情里，她始终清醒自省，“珍惜得到的每一分，而那些没有得到的，皆是本应与自己无关的”。

他们也是一对事业上的最佳伴侣。

1942年年底，杨绛创作的话剧《称心如意》在金都大戏院一经上演即一鸣惊人。这让钱锺书心里产生了一些小落差。某天，他对杨绛说道：“我想写一部长篇小说，你支持吗？”杨绛听后欢喜不已，催促他赶紧写。为了让他减少授课时间，不至过度劳累，有更多的时间写书，她把家里的女佣辞退了，自己包揽了所有家务。昔日娇生惯养的富家小姐，就此修炼成任劳任怨的贤内助，让钱锺书感激不已，对她更加珍爱。

钱锺书不负所望，两年后，那部惊艳世人的《围城》成功问世，大受欢迎。他的名字，亦是举世皆知。然而，他在《围城》的序中特别感谢了一个人：“这本书整整写了两年。两年里忧世伤生，屡想中止。由于杨绛女士不断地督促，替我挡了许多事，省出时间来，得以锱铢积累地写完。照例这本书该献给她。”

他的母亲曾经如此评价杨绛道：“笔杆摇得，锅铲握得，在家什么粗活都干，真是上得厅堂，下得厨房，入水能游，出水能跳，锺书痴人痴福。”

是啊，钱锺书这样的痴人，幸亏有杨绛这样的贤妻，才能从容地走过艰难的岁月；杨绛也因有钱锺书这样的爱人，生活中平添了更多的乐趣。

这样的爱情经得起风花雪月，也熬得过柴米油盐。

– 叁 –
静水流深，生生不息

女儿阿媛出生时，钱锺书曾说过：“这是我的女儿，我喜欢的。”杨绛则说，女儿是自己“平生唯一的杰作”。

阿媛的存在，并没有使得钱锺书对杨绛的爱少一丝一毫，反之，他更珍爱她了。在阿媛懂事后，每逢生日，他总要说，这是“母难之日”；他也没要第二个孩子。他对杨绛说：“假如再生一个孩子，说不定比阿媛好，我们就要喜欢那个孩子了，那我们怎么对得起阿媛呢？”事实上，他是不忍心让杨绛再受生育的艰难和痛苦了。

在阿媛1岁左右的时候，他们仨一起回国。

钱锺书在清华谋得一教职，到昆明的西南联大教书，而杨绛则留在了上海。那时，在老校长王季玉的力邀下，杨绛实在推托不过，只好出任母校振华女中的校长，这也是她生平唯一一次做“行政干部”，为期不过一年。她素来自谦不懂政治，然而，她实际上却是东吴大学政治系毕业的高才生。

她不是不懂，而是不想触及文学、生活之外的是是非非，只想安安静静做贤妻良母。

事实上，她确实做得很好。

1945年的一天，日本人突然上门，却在她的泰然周旋下败兴而归，因为她早已第一时间将钱锺书的手稿藏好了。1949年后，她亲自带着钱锺书拜访沈从文和张兆和，来修补好曾经因钱锺书写文讽刺沈从文收集假古董给他们之间的友谊造成的裂痕。还有，她家的猫咪和林徽因家的猫咪打架，钱锺书欲拿起棍子为自家猫咪助威，她连忙劝阻道：“林的猫是她们家‘爱的焦点’，打猫得看主人面。”

她的贤惠淑德、沉稳周到，成了痴气十足的钱锺书在社交上的润滑剂。

正因有如此贤妻，钱锺书的事业蒸蒸日上。1946年出版短篇小说集《人·兽·鬼》时，他在样书上如此写道："赠予杨季康，绝无仅有地结合了各不相容的三者：妻子、情人、朋友。"

这一生，最懂他的，是她。

他的小说《围城》被搬上荧屏时，她那段著名的旁白被写在了每一集的片头上："围在城里的想逃出来，城外的人想冲进去。对婚姻也罢，职业也罢，人生的愿望大都如此。"

英国有一位作家曾如此概括心目中最理想的婚姻："我见到她之前，从未想到要结婚；我娶了她几十年，从未后悔娶她；也未想过要娶别的女人。"杨绛读到这段话时，念给钱锺书听，钱锺书听了当即说道："我和他一样。"杨绛亦答："我也一样。"

他们回国后，多年居无定所，漂泊无依，却一直相濡以沫，相互扶持，直到1962年8月，他们一家三口才乔居干面胡同新建的宿舍。四个房间的居室，加之一个阳台，他们终于有了一个舒适的家。在这里，他们朴素、单纯、甘之如饴地度过每一个相守的美好日子，各自做着自己力所能及的事。

只是，时光静静流逝，再美好的故事也总有谢幕的一天。

多年后，她在《我们仨》里写道："1997年早春，阿媛去世。1998年岁末，锺书去世。我们三人就此失散了。现在，只剩下我一个。"

人生相聚有之，分离亦有之，如同天命，再伤悲也不得不承受。

杨绛自是对这人生之味深有体味，所以在阿媛去世时，钱锺书重病卧床之际，她以80多岁高龄，怀着丧女之痛，仍坚持着每天去医院探望钱锺书，内心的悲痛无一丝一毫外露，还百般劝慰钱锺书，并做饭带给他吃。她一如过往，用坚强支撑起这个破碎的家。

她说："锺书病中，我只求比他多活一年。照顾人，男不如女。我尽力保养自己，争求'夫在先，妻在后'，错了次序就糟糕了。"

怪不得无数人艳羡他们的爱情，感叹他们不仅有新月如钩的浪漫，更有心有灵犀的默契与矢志不渝的坚守。

于我，更觉他们彼此的深情，是岁月里的静水流深、生生不息。

-尾语-

1998年，88岁的钱锺书去世。他们相守了风风雨雨的半个多世纪，他终于永远离开了她。

四年后，她写了一本散文集来追忆与他和女儿生活的日子，名为《我们仨》。开篇，她即说她做了一个梦，她梦见“和锺书一同散步，说说笑笑，走到了不知什么地方。太阳已经下山，黄昏薄幕，苍苍茫茫中，忽然锺书不见了。我四顾寻找，不见他的影踪。我喊他，没人应”。后来她把梦告诉钱锺书，埋怨钱锺书不等她让她惶急和孤凄，钱锺书说，“那是老人的梦，他也常做。”

可见，她对他有多么不舍。

她在书中如此写道：“他已骨瘦如柴，我也老态龙钟。他没有力量说话，还强睁着眼睛招待我。我忽然想到第一次船上相会时，他问我还做梦不做。我这时明白了。我曾做过一个小梦，怪他一声不响地忽然走了。他现在故意慢慢儿走，让我一程一程送，尽量多聚聚，把一个小梦拉成一个万里长梦。这我愿意。送一程，说一声再见，又能见到一面。离别拉得长，是增加痛苦还是减少痛苦呢？我算不清。但是我陪他走得愈远，愈怕从此不见。”

这是她给他写下的最催人泪下的情话。

而今，杨绛先生已驾鹤西去，她的淡泊宁静让她在这个喧嚣躁动的时代，成了一代人温润的慰藉，使人们看到“活着，原可以这么好”。

而她和他曾经的爱情神话，依然在岁月里灼灼其华。一如在热恋时期，他写给她的那首诗：

良宵苦被睡相谩，猎猎西风测测寒。
如此星辰如此月，与谁指点与谁看。

他们的深情如星辰，如明月，散发着耀眼的光芒。

莫要以爱的名义，拒绝爱

高君宇致石评梅

这世间，每一个不敢再爱的女子，一定深深地爱过一个男子。

看起来好像百毒不侵，其实早就百毒侵身。

对她们来说，这世间最动人的情话，不是“我爱你”，而是在需要的时候，对方说“有我在”。

被爱伤过的人，不要畏惧爱，更不要拒绝爱。

因为那些痛过、哭过的，都只是曾经，最终都会慢慢遗落在岁月的风尘里。

命运终会为你安排一个良人，温暖今后的寒冬。

只要你别像石评梅这样，以爱的名义，拒绝那份真正的爱情。

最美的情话

“宇宙中我原知道并莫有与我预备下什么，我又有什么系恋呵——在这人间：海的波浪常荡着心的波浪，纵然我伏在神座前怎样祝祷，但上帝赐给我的——仅仅是他能赐给我的。世间假若是空虚的，我也希望静沉沉常保持着空寂。

“朋友：人是不能克服自己的，至少是不能驾驭自己的情感；情感在花草中狂骋怒驰的时候，理性是镇囚在不可为力的铁链下；所以我相信用了机械和暴力剥夺了的希望，是比利刃剥出心肺还残忍些！不过朋友！这残忍是你赐给我的，我情愿毁灭了宇宙，接受你所赐给我的！”

“满山秋色关不住，一片红叶寄相思。”

“我一边难过的是：世上只有吮血的人们是反对我们的，何以我唯一敬爱的人也不能同情于我们？我一边又替我自己难过，我已将一个心整个交给伊，何以事业上又不能使伊顺意？”

“我是有两个世界的：一个世界一切都是属于你的，我是连灵魂都永禁的俘虏；在另一个世界里，我是不属于你，更不属于我自己，我只是历史使命的走卒。”

“我何尝不知道：我是南北飘零，生活在风波之中，我何忍使你同入此不安之状态。所以我决定：你的所愿，我将赴汤蹈火以求之；你的所不愿，我将赴汤蹈火以阻之。不能这样，我怎能说是爱你！”

- 零 -
我是宝剑，我是火花

“爱情，众水不能熄灭，大水也不能淹没，若有人拿家中所有的财宝要换爱情，就全被藐视。”

在今天的喧嚣浮华之下，这种单纯的爱情早已难得一见，充斥着的都是些赤裸裸的筹码，诸如财产、房子、车子……用来和爱情交换。单纯的爱情，经年不见。

不过，这种爱情在民国却是常有的，譬如高君宇和石评梅。爱情似春风温暖过他们，也温暖着读过他们故事的我们。

他们一个是与冰心、林徽因等齐名的惊世才女，一个是才华横溢的青年才俊。

他们早在高君宇还是石评梅父亲的学生时便已相识。只是，那时在老师身边的那个“倚门回首，却把青梅嗅”的石评梅还小，还不足够引起高君宇太大的注意。可是，若干年以后便不同了。出落得亭亭玉立的她，成了惊动他的女神。

于是，他对她展开了极为炽热的追求。

她虽被高君宇的爱情点燃了爱火，然而高君宇后来坦承之事却是她无法接受的。他在乡下有一个父母包办婚姻的妻子，这让她想起了自己的惨痛经历。于是，她决绝地表示："宁愿牺牲个人幸福，而不愿侵犯别人的利益，更不愿拿别人的幸福当作自己的幸福。"

她拒绝了他。然而，他却痴心不改。

利用一个参加革命工作的间隙，他回到老家跟妻子离了婚。获得自由身之后，他与石评梅的情感有了些发展。但不久，他便病倒。在医院相伴的最后那段日子，是他们的最好时光。

1925年3月5日，他永远地闭上了眼睛，离她而去。

巨大的悲痛让她难过得要窒息，她含泪将他葬在他们曾经常去的陶然亭，并亲手在墓碑上写下情真意切的碑文。

他逝去三年后，她患上了严重的脑膜炎，随即离开了这个爱恨交加的世界，与他在另一个世界相聚。

“生前未能相依共处，愿死后得并葬荒丘”，这是她生前的心愿。于是，朋友们便将她葬在了他的旁边。

至此，他和她才真正融为一体。

阅到此处，不免令人心酸。

石评梅真是个傻姑娘，让悲伤困住了爱情，更困住了那个给她真心的人。

- 壹 -
一片红叶寄相思

他和她都来自山西，是深受新思潮鼓舞的有为青年。

高君宇曾是参加五四运动的北大学生领袖，后来跟随李大钊、孙中山，成了一名职业革命者。石评梅则是毕业于北京女子师范的高才生，在新文化运动的熏陶下，她展露的文学才华令一大批读者为之倾倒，毕业后供职于北师大附中。

她的优秀，高君宇在家乡时就有所耳闻了，所以在北京时对她发表在报刊上的诗文特别留意，对她多了几分倾心与赞赏。

他们在一次山西同乡的聚会上，第一次见了面。那天，高君宇在会上激昂地讲述了学生运动的意义，这大大地吸引了一大票老乡的认同，其中也包括石评梅。会后，他们俩有了一次倾心的交谈，高君宇对爱国事业的热忱令石评梅敬重不已，而石评梅的清丽淡雅则让高君宇大为倾心。

不过，他们相逢的时机不对。

那时，石评梅正跟某报社的记者吴天放处于热恋中。即便高君宇对她颇为倾心，极想结交她，还是强行压下了满心的爱慕之情，只能用书信来表达对她的关心。

只可惜，吴天放不是个正人君子，而是个风流倜傥的薄情人。他对石评梅隐瞒了自己有妻有子的已婚身份。当石评梅知道这事时，世界都似塌了一般。要知道，她曾将自己所有的少女痴心和热情都毫无保留地献给了他，而且欲罢不能。这让她痛苦不堪，几乎痛不欲生。

然而，她是那么善良，最后还是选择了放手。

吴天放的妻儿，毕竟是无辜的，她不忍因为自己的存在而带给他们任何伤害。于是，她不再和吴天放有一丝一毫的来往。

从此，她也陷入了一股“说不出的悲哀”中。而她写给高君宇的信和诗，也由清新活泼转为哀怨愁城。

她的痛苦，信背后的高君宇可以真切地感知，对她更是心疼。

于是，他准备对她展开热烈的追求，想用真诚的心好好爱她，好好疼她、保护她。他时常邀请石评梅到陶然亭去听关于工人运动和妇女解放的演讲，以期帮助她走出失恋的阴影。

那时的石评梅，住在一处叫“梅窠”的北师大附中教员宿舍里。

“梅窠”实为京郊一座破旧古庙，历经多年的风雨侵蚀后更像个荒斋，幸而有一盆傲霜的红梅点缀，才冲淡了些许荒漠冷寂。然而，对于失恋的人而言，这里静寂如荒原，如冰窖，如深渊，无任何温暖。因此，那时住在这里的石评梅，常常会联想到人生的悲哀，内心时常处在一股浓重的哀愁里。

恰好这时，她收到了他从西山给她寄来的那封信。

拆开来，里面是一片红叶。那片红叶，是在西山养病的高君宇从碧云寺采来的。当初为了反抗封建家庭的包办婚姻，高君宇落下了咯血的病根，每逢秋寒便容易发作，所以在秋天时他搬到了清幽的西山静养。当漫山秋叶红遍的时候，他对石评梅的思念已然成海。于是，他寻到一片最红最美的红叶，在上面深情地题下了两句诗，寄给了石评梅。

她站在窗前，对着艳阳将心形的红叶举起，看到了上面题着的句子：“满山秋色关不住，一片红叶寄相思。”

她的心海，瞬时被搅乱了，波涛汹涌起来。

然而，她无法从初恋的受挫中真正醒悟过来，仍沉浸在那段情感里久久不能自拔。她觉得自己无以承受这片红叶的赤诚火热。她虽犹豫再三，还是决绝地提笔在红叶的背面写下了一行绝情的字：“枯萎的花篮不敢承受这鲜红的叶儿。”

怀着忐忑不安等待着的高君宇，终没能获得美人的心。

– 贰 –
情缘自绵延

这世间最让一个人拒绝不了的，其实是自己内心的情感。

石评梅虽然将高君宇拒于爱情之门外，但因自己情根深种，也陷入极端的矛盾和痛苦之中。

一方面，她认为“不能使对方幸福比自己得不到幸福更痛苦”，而狠心绝情地拒绝他；另一方面，她依稀看见了高君宇的失望，因而内心又充满着愧疚、不安和自责。

就此，她把自己圈在一个风雨凄迷的世界里。恰好这时，家里来信说自己的童年好友吟梅因爱情的不幸染病身亡了。在这双重打击下，她终于不堪重负而病倒了。

也正是因为这一场病，她和高君宇之间因为拒绝而产生的隔阂化为虚无。高君宇因此有了照顾、接触她的更多机会，他们之间的情愫变得越来越稠，越来越浓，继而黏成一团。

只是，石评梅还是无法放任自己大胆去爱。她心里愈爱他，愈害怕来自他的柔情万千，像只畏缩不已的猫，老想着蜷曲起来，不面对，不回应。由此，在新愁旧怨的纠结中，她的病越发难以痊愈，竟然躺了四十多天。

还没下定决心在一起，就又迎来了分离。

1924年4月的一个狂风暴雨的夜里，乔装的高君宇突然造访“梅窠”。原来他是在躲避军阀的追捕，为了和她告别，才连夜披风沥雨地赶来。

长久以来，一直有个困惑萦绕在他的心间。他不明白为何石评梅一直不接受自己，是不能忘记吴天放，还是害怕自己始终处在必须流血的革命中？抑或自己那个包办婚姻的束缚？

他绞尽脑汁，也想不明白。

不过，这一次趁躲避军阀追捕之时，他决定回老家结束自己的无爱婚姻。他迫切地希望自己可以光明正大地继续追求她。

这一别，是未知的，再相见是几时，没有谁可以给出答案。

于是，这凄雨下的“梅窠”多了些许悲情。一整夜，他们相坐无语。直到他起身离去，他们才互道了前途珍重。

是年8月，石评梅在张望中终于收到了高君宇寄自上海的信。厚厚的一摞纸里，写满了高君宇的思念，也讲述了他解决婚姻问题的经过，以及投身革命事业的激情。

然而，这一次石评梅依然没能做到坦诚接受。

她没有勇气，早已心灰意冷，更忌惮世俗流言，终究还是婉拒了他。

她虽感叹着“从此后，他真的孤身只影流落天涯，连这个礼教上应该敬爱他的人都莫有了”，仍硬着心肠给他回信道：“我可以做你唯一的知己，做以事业为伴共度此生的同志。让我们保持‘冰雪友谊’吧，去建筑一个富丽辉煌的生命！”

收到石评梅的信后，高君宇似被浇了一盆冰水。他幽幽地回应石评梅道：“只会答复人家不需要的答复，只会与人家订不需要的约束！”他的内心是有些许哀怨了，然而仍然包容了石评梅对自己的逃避，像过往的每一次一样。

于是，在随后的信中他依然深情地写道：“我是有两个世界的，一个世界一切都是属于你的，我是连灵魂都永禁的俘虏；为了你死，亦可以为了你生。在另一个世界里，我是不属于你，更不属于我自己，我只是历史使命的走卒。不如意的世界，要靠我们双手来打倒！”“你的所愿，我将赴汤蹈火以求之；你的所不愿，我将赴汤蹈火以阻之。”

即便如此，他内心仍无时无刻不被一种情愫灼烧着。世间最痛，便似这般的情吧。

后来，在一次平息商团叛乱的斗争之后，他细细思量了一番，去街上买了两枚洁白的象牙戒指，一枚戴在自己手上，另一枚则连同几件在战斗中的纪念物一起寄给了石评梅。

他是不甘心就此放手的。在这无常的人世中，他还是想许给她一个爱的承诺：

爱恋中的人，常把黄金或钻石的戒指套在彼此的手上以求两情不渝，我们也用这洁白坚固的象牙戒指来纪念我们的冰雪友谊吧！或者，我们的生命亦正如这象牙戒指一般，惨白如枯骨？

- 叁 -
若爱，请深爱

高君宇终于回到了北京，然而却不能再和石评梅在明月艳阳下畅聊了。

半年多的奔波劳累，使得他的旧疾复发，他被送进“德国医院”（今北京医院）。这一次，换石评梅来照顾他。

石评梅第一次去探望他时，他一眼便看见她戴在手上的那枚象牙戒指，心底顿时升起万千甜蜜。石评梅，他这一生最挚爱的女子，终于接受了自己。后来，这两枚戒指，再未曾离开过他们的手。

只是，他们的情感终不能有个圆满的结局。

石评梅每次去探望他，都会体贴地带上一束她心爱的红梅。某次，高君宇睡着了，石评梅就给他写了张字条：“当梅香唤醒你的时候，我曾在你的梦中来过。”

然而，她虽表白了心意，却仍无法做到和他携手相牵走过这一生。

又一次，石评梅给他一勺一勺地喂橘子汁，他无意问了句：“世界上最冷的地方是哪里？”石评梅一声“就是我站着的这地方”，一下子就将他从浪漫温暖中拽回了冰冷惨淡的现实。

他再一次对她表白道：“评梅，我是飞入你手中的雪花，在你面前我没有我自己。”他又鼓励她起来与不如意的生命作斗争：“命运是我们手中的泥，我们将它捏成什么样子，它就是什么样子。”

只可惜，真是一场错爱。石评梅虽将自己的爱意表达，但仍固执地将自己禁锢在“独身主义”的牢笼里。她像着了魔般将自己设想为一出悲剧中的女主角，过着一种超然冷艳的生活，而无法释然地走出来。

病愈后的某一个晴天，他们相约雪后前往常去的约会圣地。

雪后的陶然亭，一片银装素裹。游人极少，四周一片寂静，天地间仿佛只有他们这一对恋人。石评梅织着毛衣，高君宇贴心地给她拿着线团，他们一边走一边聊，自是惬意无比。暖阳下，高君宇心里充满了欢乐和力量，他不怕前途多舛，只求上苍可以让他拥有健康，能好好地爱护眼前他深爱的女子，赢得她的心。

走到葛母墓前，高君宇突然说道："评梅，你看北京这块地方，全被军阀权贵们糟蹋得乌烟瘴气、肮脏不堪，只有陶然亭这块荒僻地还算干净了！评梅，以后，如果我死，你就把我葬在这儿吧！我知道，我是生也孤零、死也孤零……"

听后，石评梅突然陷入一种前所未有的伤感中。

回去的路上，听到高君宇轻微地咳嗽了两声，石评梅的心就收紧成一团，脸上的惶急都被高君宇看在眼里。一时，高君宇美在心头，陶醉地在雪地上用手杖划出两个字——"心珠"。

这是石评梅的乳名，他从未曾唤过。

此时，地上恰有两片橘瓣，高君宇想起石评梅先前的悲哀，于是在地上挖了个坑把它们埋了，说："埋葬了我们的悲哀罢！"

然而，悲哀真的是说埋葬就能埋葬掉的吗？

不久，高君宇不顾医生"须静养半年"的劝告，又南下奔波了。归来后，他便因急性盲肠炎被送到医院，只三天工夫就瘦得皮包骨头。

此时，对高君宇的病情，石评梅有了不好的预感，当她伏在形销骨立的高君宇的床前时，不禁泪如泉涌。

“评梅，你的泪什么时候才能流完呢！”

“君宇，现在我将我这颗心双手捧在你的面前，从此后我为了爱而独身，你也为了爱而独身。”

“评梅，一颗心的颁赐，不是病和死可以换来的，我也不愿用病和死来换你那颗本不愿给的心。”

“我知道我是生也孤零、死也孤零。死时候啊，死时候，我只求独葬荒丘……”

“评梅，这儿的信件，你拿走罢，省得你再来一次检收！”

这是高君宇在死前，亲口对石评梅说出的诀别的话。

1925年3月5日深夜两点，在孤寂无人的夜里，高君宇挣扎着告别了人世，留下了他未竟的事业和未完成的爱情。

而石评梅在那天夜里，梦见了他来和自己告别，夜半惊醒，她好想去医院看他，告诉他，她忏悔了，不再坚持“冰雪友谊”了，只要他病一好，她就跟随他海角天涯，永不分离。然而，她再去，他早已尸骨冰凉。他再也听不见她准备说出的爱的誓言。

所谓饮恨千古，就似这般吧！

她抚棺痛哭、悔恨不已，也只是她一个人的事了。这世间，自他之后再无人那般疼惜她了。她从他的遗物中，找到了当初那片寄情的红叶，上面的字迹依然，只是中间早已枯萎，并且裂了缝隙。她捧着这片红叶久久不动，心如刀割："上帝允许我的祈求罢！我生前拒绝了他的，我在他死后依然承受他。红叶纵然能去了又来，但是他呢，是永远不能再来了！"

他终究离开了她的世界。

－尾语－

她将他的墓地，选在了那日他亲自指给她看的地方。

在陶然亭畔葛母墓前那片空地，她将他葬入墓穴，随葬的还有她的一张小照，以及那枚满蕴着他们之间深情的象牙戒指。并且，在他的白玉墓碑左侧，她还刻上了亲自手书的碑文：

"我是宝剑，我是火花。我愿生如闪电之耀亮，我愿死如彗星之迅忽。

“这是君宇生前自题相片的几句话，死后我替他刊在碑上。

“君宇！我无力挽住你迅忽如彗星之生命，我只有把剩下的泪流到你坟头，直到我不能来看你的时候。评梅。”

这碑文，是她从心底深处发出的对他的深深眷恋。

此后，在陶然亭畔高君宇的墓前，会有一位憔悴的女子每周前来祭吊。她想用泪水浇灌高君宇墓前的花草，好让它们芬芳青葱，陪伴高君宇。

她的余生，心只为怀念他而跳动。

“碧海青天无限路，更知何日重逢君？”

1928年9月30日，在高君宇逝去的三年后，终年沉浸在悲哀里的一代才女石评梅，也追随着他的脚步，到另一个世界与他团聚。

根据她的遗愿，她被葬在了高君宇墓旁，终于兑现了和高君宇“生前未能相依共处，愿死后得并葬荒丘”的誓言。

只愿天下情侣，不再有泪如你

林觉民致陈意映

美好的爱情，大抵就是这样吧，用余生的陪伴抵甜言蜜语与缠绵悱恻。

看他们的故事，读他们的情书，便更唯愿在这世间的你我，都能遇到那个值得托付终身的人。若一生一世是奢侈，哪怕刹那间的永恒也好。

最美的情话

“我非常爱你，也就是爱你的这一意念，促使我勇敢地去死呀。我自从结识你以来，常希望天下的有情人都能结为夫妇；然而遍地血腥阴云，满街凶狼恶犬，有几家能称心满意呢？”

“古语说：仁爱的人‘尊敬自己的老人，从而推及尊敬别人的老人，爱护自己的儿女，从而推及爱护别人的儿女’。我扩充我爱你的心情，帮助天下人爱他们所爱的人，所以我才敢在你之前死而不顾你呀。你能体谅我这种心情，在哭泣之后，也把天下的人作为自己思念的人，应该也乐意牺牲我一生和你一生的福利，替天下人谋求永久的幸福了。你不要悲伤啊！”

“我的意思是说凭你的瘦弱身体，一定经受不住失去我的悲痛，我先死，把痛苦留给你，我内心不忍，所以宁愿希望你先死，让我来承担悲痛吧。”

“刚结婚三四个月，正赶上冬月十五日前后，窗外稀疏的梅枝筛下月影遮掩映衬；我和你并肩携手，低声私语，什么事不说？什么感情不倾诉呢？到现在回想起当时的情景，只剩下泪痕。”

“现在又有人说心电感应有道，我也希望这话是真的。那么我死了，我的灵魂还能依依不舍地伴着你，你不必因为失去伴侣而悲伤了。”

- 零 -
一纸薄笺与妻书

知道这段爱情，还是因为林青霞主演的一部很经典的电影《碧血黄花》。就是这部老电影和一封老情书，让我想去了解这件往事。

他和她结为连理，是那个年代最常见的包办婚姻。婚前，他们之间不存在爱情；婚后，却在朝夕相处中日久生情。

这样的爱情，可以说是先结婚后恋爱。即使在今天，也是令人羡慕的。要知道，人和人之间相爱的概率本就是千万分之几。人活一世，在对的时间遇到对的人并且可以相恋相爱，是多么不易。

更何况，他们之间的爱情，还是这般感人至深，即便百年之后，仍能让世人感受到那份刻骨铭心。更有一封薄笺，为他们绝美的爱情镌刻下如花的注脚。

她叫陈意映，名字真美，读来很有意境。确实，她颇有几丝韵美。在一个诗书礼义颇渊的家庭里长大，她身上具备的全都是大家闺秀的优良特质，灵巧、雅致，能诗善文，最重要的是她长得还水灵清秀。

这样的她，为他们的爱情埋下了美好的一笔。试想，有多少男子，可以抵抗一个美好的女子。爱上，只不过是时间问题罢了。

光绪三十一年（1905年），她嫁给他为妻。

那时，他18岁，她17岁，真是一对天造地设的璧人。他们住进了福州闹市区的杨桥巷17号。从这之后，他们在那座叫双栖楼的二层小楼里生活，日子过得很是惬意。

在随后的斗转星移里，他们渐渐爱上了对方，并且爱得越来越深，到了片刻不离的地步。

只是，这般深爱的两个人，仍旧无法逃脱当时背景下大时代的悲剧。

某一日，他在革命中英勇就义，只留下一纸深情万千的薄笺与她；而她自这之后，便只活在了“谁给你选择的权利让你这样的离去，谁把我无止境的付出都化成纸上的一个名字”的痛不欲生里。

有许多许多的人，会像我这样无法想象，这个孱弱的女子是如何承托起失去挚爱、失去希望的生活。所谓“生命中不能承受之轻”，是无数人无法承受的，她又是如何度过那些无眠的夜晚的?

尽管她在悲伤中坚强地生下了遗腹子林仲新，却无论如何也没能走出失去他的悲伤。加上后来生活变得更加艰难，她在林仲新刚刚2岁的时候，就郁郁而终。

留在身后的是两个幼儿和一册诗稿。

- 壹 -
琴瑟在御，无不静好

曾经深受包办婚姻之苦的林孝颖，不知为何也给儿子林觉民包办了婚事。也许，他认为“知子莫若父”，选择一个门当户对的儿媳是对儿子最大的爱护。

林孝颖实际上是林觉民的叔叔。这位饱经诗书的学士，在年轻时不幸经历了一场很不称心的包办婚姻。他倔强至极，对未曾谋面便成婚的妻子极为排斥，从新婚之夜便将其打入冷宫，让她整日以泪洗面，与委屈相伴，自己则每日诗酒度日。

为了缓和这个家庭的僵局，林觉民的生父——林孝颖的哥哥便将幼子林觉民过继给了他。

聪明伶俐的林觉民深得林孝颖的宠爱，从小到大都被林孝颖精心呵护着。在林觉民成年之后，林孝颖为他准备了一场门当户对的姻缘，所聘是当地大户陈元凯的女儿陈意映。他相信名门闺秀的陈意映定然可以得到儿子的喜欢。

幸好，林觉民没有步林孝颖的后尘。在一天天的相处中，林觉民与陈意映两人惊觉彼此之间竟有着某种似曾相识的默契。

他才学出众，她虽是女子，论起才情来却并不逊色于他。

那时，他们住在林家大宅一座二层的精致小楼里，楼前种有芭蕉和梅花。新婚之际，他们每日都会携手并肩，看日出日落，看星辰流转，或在楼上甜蜜私语，吟诗作赋；或在庭院中赏花斟酒，漫步闲情，日子美好得如同一幅画。

对于父亲给予的旧式婚姻，他是感激的，因为陈意映是一个求之不得的女子。曾经在远行的日子里，他满怀思念，给妻子写下了一篇饱含温情的《原爱》："吾妻性癖好尚，与余绝同，天真烂漫女子也！"

在他的内心，理想的爱人莫过如此——是支持理解，而不是锱铢必较。

若不是在那个动乱时代，他们的爱情和婚姻定是最美好、最完满的。然而，生在乱世，只要一个小家的圆满，对他这个胸怀大志的男子而言，实在太难了。在家，他是与爱妻过着滋润生活的好男人；在外，他则是同学们心目中的风云人物。

那时，他还没从全闽大学堂毕业。作为光绪皇帝谕批的一所新式学堂，全闽大学堂是戊戌变法的副产品之一。这所学校以传播民主思想而著称，是新观念、新文化的活跃之地。在这里，他如鱼得水，不仅如饥似渴地学习新的知识、思想，还勇于开拓新的风气。曾经，他以思辨之才闻名全校，加之又颇具领导气度和风范，虽然年纪轻轻，却已发动了校内的几次学潮。在各种爱国演讲中，都少不了他的身影；口才极佳的他，每次演讲都慷慨激昂。

大家都视他为偶像、为英雄。对陈意映来说，他也是偶像。因此，她与他的默契相谐，并不仅仅是因为他们志趣相投，而是她理解他，对他的志向和抱负给予支持，尽自己最大的能力去协助他。林觉民在外传播西学新思想，她便配合他在家中开办了一所“家庭女子学校”。此外，她还专门进入福州女子师范学堂学习。

这样深明大义的女子，真是一位求之不得的贤内助。

-贰-
何事不语，何情不诉？

他们结婚一年多后，林觉民顺利从全闽大学堂毕业。不久，他又启程前往日本自费留学。

当时的日本，是中国爱国志士们聚集的中心。本就满腔爱国热血的林觉民到日本后不久，就通过同乡旧友结识到许多革命者，并加入了孙中山先生在日本东京倡导成立的同盟会。

他开始积极地参与革命活动，在香港、福州、广州等地秘密奔走。

关于“革命”的事，他对已经年迈的父亲采取了隐瞒的态度，却对爱妻无任何隐瞒。因为他深知这个在深闺大院长大的女子，没有一丝娇气和怯弱。她在常听他讲述的当前局势里，深知他所做的事情是崇高的、令人钦佩的，因此，对于他做的事，她是理解、信任、支持的。

每次林觉民回到福州参加同盟会福建支部的会议时，陈意映都是同往的。夫妻两人的出行，不会引起外人的怀疑，以为他们是去郊游或者请愿；而每次到了会议地点，陈意映还负责在外望风。只是，林觉民革命活动的地点不只是福州，他还常常到外地去，陈意映无法前往，便心生担忧，毕竟稍有不慎就会招来杀身之祸。

每当林觉民离开时，陈意映的心里就充满了担忧和不舍。不过，因为深知丈夫去做的是为同胞谋利的大事，她便将自己的小心思放下，只默默地为他打点行装，从不阻拦或挽留。

林觉民是从加入同盟会那天起，就置生死于度外了。

1911年春天，他回到香港，成了数百名敢死队成员中的一员，随后回到福州，在当地又招募到更多的起义者。

父亲林孝颖从他的目光和忙碌的举动中察觉到他的异常，却没有点破。他太了解自己的儿子了，一身凛然正气是无法被说服的，不如成全儿子的一片爱国之心。

然而，这一次陈意映心中却深感不安。因为林觉民看上去显得异常忙碌，很少在家中安坐，总是到处奔走，只有夜深才带着满怀歉疚回到她身边。她还不知道，这一次丈夫要去完成的一件大事是怎样的大事，也不知道这件大事的成功率有多大，更不知道丈夫这次可否安然地活着回来。

她的内心，越发惶惑不安。

曾经，在六七年前，她曾对他说过：“望今后有远行，必以告妾，妾愿随君行。”他应允了她，答应以后再有远行，一定带她同行。

可惜，这一次不行，因为她怀有身孕。本来他打算带上她同行，甚至打算由她协助自己来完成这次任务。他和同伴们在福州西禅寺秘密制造炸弹，造好后装在棺材里，准备以出殡来掩人耳目，将这些弹药送到广州。他本想让她假扮孀妇，随队伍出行作为掩护。然而，因为她怀有身孕行动不便，只好作罢。最后，临时找了另一位同志的妹妹来协助完成这次任务。

前往广州之前，林觉民也深知这次生死未卜，却到最后仍没开口将实情告知她。不过，一向善解人意的她早已从他这数日来的言行中猜测到他此去的凶险。只是，她无法说出一句劝慰的话。毕竟，千言万语都比不上深情的目光和坚定的理解。

1911年4月9日，他再次提起行囊远行。临行前，他笑着对她和家人说：“我很快就会回来的。”

只是，言犹在耳，他却早已不在这人世间。

人世间的事，有太多无常。珍惜当下，才最明智。

什么爱恨情仇，过后皆成云烟。最重要的，还是和深爱的人相拥看遍世间风景，相携走遍世间路。

好的爱情，更是如此。

－叁－
我留守着数不完的夜

起义，终是失败了。连同他们的爱情，淹没在那无边的昏暗里。

在清军的包围下，他在备战中被子弹击中腰部，当即痛倒在地，又马上强撑着站起来拼力还击，但是由于势单力薄，还是被清军抓获了。

当硝烟散尽，他已枷锁在身、铁镣绕踝，被押在总督衙门的大堂里。面对两广总督和清军水师提督，他一身正气，视死如归："死有何惧？我等莽撞书生奋起一击，偌大一个广州城，如入无人之境，唤醒亿万炎黄胄裔，两广必为之一振，天下必为之一振。从此，朝廷兵马不足道，天子王法不足惧，虽头断血流，暴尸街头，但华夏大地少了一干英杰，黄泉路上多了一群鬼雄。我等一死，死得其所！血洒神州，快哉快哉！"

在最初加入同盟会之际，他就已将生死置之度外，最不舍的是他深爱的妻儿和父母。

他在大堂之上慷慨激昂，抨击大厦将倾的清王朝、怒斥饿虎竞食般的外国侵略者、纵谈革命党人的志向与抱负、痛陈百姓的苦难……他越说越激动，那份爱国之心和那大无畏的勇气，令在场之人大为动容。然而，只有那两个掌控着他生杀大权的官吏不为所动。

他们虽然暗自钦佩他的志气，赞叹道："惜哉！此人面貌如玉，肝肠如铁，心地如雪，真奇男子也！"却还是掷出了"杀无赦"的令牌。

他英勇就义，而且尸骨无存。

当时，远在海外筹款的孙中山先生在得知起义失败的消息后，不禁仰天痛呼："吾党精华，付之一炬！"

是啊，包括林觉民在内的一百多名敢死队成员，个个堪称精英。他们参加起义，并非因为生活所迫，不得已而为之，相反，他们多出身优越，家庭美满，只是为了心中的民主自由理想，毅然决然地踏上了革命这条不归路，只为千千万万苦难中的同胞。

他们的伟大令人敬佩，让人永远崇敬感念！

最先听到他就义消息的，是他正在广州供职的岳父陈元凯。得知林觉民被捕后的第一时间，他就火速给女儿陈意映去信，让她赶紧带着一家老小逃命，因为清政府很可能会因此对林家满门抄斩。

就这样，林家大宅一夜之间空无一人。他们一家老小，避居到福州一处偏僻之地。

此时，陈意映尚未获知林觉民被处决的信息，她还在祈盼着他的归期。当密集的枪声炮火在广州城轰然响起时，当刽子手无情地举起长刀时，当林觉民悲壮地献出生命时，她以为他仍在狱中受难，以为他终会归来。

最后，她等来的是一个包裹。这是在起义前的一天夜里，林觉民趁着夜色蘸泪所写的，后托友人转达。

包裹里，是两封家书。一封是写给父亲的《禀父书》：

不孝儿觉民叩禀：

父亲大人，儿死矣，惟累大人吃苦，弟妹缺衣食耳。然大有补于全国同胞也。大罪乞恕之。

另一封，是写给陈意映的《与妻书》：

意映卿卿如晤：

吾今以此书与汝永别矣！吾作此书时，尚为世中一人；汝看此书时，吾已成为阴间一鬼。吾作此书，泪珠和笔墨齐下，不能竟书而欲搁笔。又恐汝不察吾衷，谓吾忍舍汝而死，谓吾不知汝之不欲吾死也，故遂忍悲为汝言之……

满满的情意全融在了字里行间，陈意映用颤抖的双手抚着这一方巾帕，仿佛天地都不存在了，只有悲怆和疼痛冷彻心扉，如同坠入黑暗的深渊，她看不见任何光亮，最后晕倒在地。

幸亏家人及时赶来将她救起，她和腹中的胎儿才免于一难。

她本是一心求死的，欲追随他的脚步而去。生当连理，死当同穴，她一直都这样笃定。所以在最伤心欲绝时，她的心里唯有死，再无其他。还好，林觉民的双亲察觉出来她有自寻短见的态势，便哀求她为了可怜的孩子也要好好地活下去。

无奈之下，她只能含着泪，忍着悲伤，凄恻地度过每一个煎熬的日子。

她仿佛行尸走肉，在这人间郁郁而行。一个月后，她生下了他们的遗腹子，取名林仲新。

五个月后，武昌起义成功打响了辛亥革命的第一枪。这一枪，应该能告慰林觉民的在天之灵。

一年后，陈意映终因为悲伤过度，在思念林觉民的痛苦中逝去。

生离死别，对两个相爱的人而言，无异于蚀骨灼心。

- 尾语 -

歌手童安格和齐豫，曾演唱过两首歌曲——《诀别》和《觉〈遥寄林觉民〉》。

这两首歌曲分别模拟了林觉民和陈意映的所思所感，他们那发自内心的哀婉叹息，令人泪湿眼眶：

夜冷清，
独饮千言万语。
难舍弃，
思国心情。
灯欲尽，
独锁千愁万绪。
言难启，
诀别吾妻。
烽火泪，
滴尽相思意，

情缘魂梦相系。
方寸心，
只愿天下情侣，
不再有泪如你。

——《诀别》

觉，
当我看见你的信，
我竟然相信，
刹那即永恒。
再多的难舍和舍得，
有时候不得不舍。
觉，
当我回首我的梦，
我不得不相信，
刹那即永恒，
再难的追寻和遗弃，
有时候不得不弃。
爱不在开始，
却只能停在开始。
把缱绻了一时，
当作被爱了一世。
你的不得不舍和遗弃，
都是守真情的坚持，

我留守着数不完的夜和载沉载浮的凌迟。

……

——《觉〈遥寄林觉民〉》

今天看来，这两首歌曲便是对他们两人坚贞不渝的爱情的最好注释。

而我知道，他们的爱情，在历史的洪流中已经成为永恒！

一见你的眼睛，我便清醒过来

朱自清致陈竹隐

在能爱人的时候，应倾情地去爱。

天真有时，温柔有时，生猛有时，不必为未来太过忧虑，一头扎进有他陪伴的红尘里，看风起云涌、花开花落，一切自有命数。这，便是最好的时光。

最好的时候，就是拥有！

最美的情话

“竹隐弟：这个人的名字，几乎费了我这个假期中所有的独处的时间，我不能念出，整天看报也迷迷糊糊的！我相信是个能镇静的人，但是天知道我现在是怎样挠乱啊！”

“隐：一见你的眼睛，我便清醒起来，我更喜欢看你那晕红的双腮，黄昏时的霞彩似的，谢谢你给我力量。”

“亲爱的宝妹，我生平没有尝到这种滋味，很害怕真会整个儿变成你的俘虏呢！”

“妹，我喜欢看你迷人的双眼，我喜欢听你轻轻的叹息，我喜欢闻你悠悠的发香，我喜欢摸你劳作的手掌……亲爱的妹，我整个儿已变成你的俘虏！”

“隐：十六那晚是很可纪念的，我们决定了一件大事，谢谢你。想送你一个戒指，下星期六可以一同去看。”

“婀娜腰肢瘦一围，入时鞋履海红衣。盈盈巧笑朱唇晕，脉脉无言慧眼微。渐转歌喉莺语滑，长留余韵栋尘飞。沉吟踟蹰浑疑梦，荏染东风丝雨霏。”

- 零 -
一见你的眼睛我便清醒过来

他们相识时，没有花前月下；他们相恋时，没有山盟海誓；他们结婚时，没有豪宅金钱……

他们的爱，全部倾注在了琐碎的日常生活中，倾注在了几十年的默默坚守中，以及那75封见证了他们爱情的情书里。这些情书，是他这个深情男子对她的全部爱恋。而他的一生，也因为有了她而圆满幸福。

她不是他的结发妻子，却为他养大了前妻留下的六个子女。他们虽经媒妁之言相识，却谱写了一曲浪漫的恋曲。

只是，天妒良才，他的早逝，让他们幸福美满的姻缘戛然而止。那一年，他刚刚50岁，她不过45岁。

他去世后，她拾起悲伤，带着她和他的九个子女孤寂地走过42年，最后安详地离世。

七年后，她的子女们在搬家时意外发现一只装有75封情书的小箱子。

小箱子是他生前用过的，他走后，她一直小心地珍藏着，从未在子女面前打开过。而在小箱子里的75封情书，则是她最珍贵的心爱之物，字字句句皆是他对她的爱。即便纸张早已泛黄，却被保存得至为完好。

他叫朱自清，她叫陈竹隐。

- 壹 -
红尘有爱，美好如斯

在朱自清遇到陈竹隐之时，他正经历着一场丧妻之痛。

他与发妻武钟谦虽是包办婚姻，感情却极为融洽。数年的相守，早已在一餐一饭里伉俪情深。内向沉静、性格温婉的武钟谦深得朱自清的心，他们在一起12年，生下三男三女，然而，不幸的是，武钟谦在肺病侵袭下永远地离开了人世。朱自清难过至极，誓不再娶，决定守着对武钟谦的思念度过此生。

只是，人生在世，心力总是拗不过现实的残酷。

一年多的时间里，他为六个孩子日夜劳心，深感一个人的无力。于是，思想有了些许的动摇。恰好这时，朋友不忍心看到他那么艰辛，在他不知情的情况下给他牵了红线。

陈竹隐比朱自清小5岁，是一个独立、活泼、新潮又有个性的魅力女子。她出生在成都一个贫寒家庭，早年就失去了双亲，生活只能靠自己去打拼。她坚忍好学，从四川第一女子师范毕业后又考入了北平艺术专门学校，主攻工笔画，兼学昆曲。

初次相见，长相清秀、性格活泼的陈竹隐就拨动了朱自清的心弦。陈竹隐亦被他的才华横溢和温文儒雅所吸引。

于是，两人皆心生欢喜，在内心给彼此留下了位置。

朱自清率先对陈竹隐发出邀请，陈竹隐欣然赴约。他们去饭馆吃饭，坐电车去看电影，其相处之融洽、之甜蜜，令旁人都为他们高兴。

那时，他们的住所相距较远，来往颇不方便，更多的情意都寄托在了书信中。

朱自清文笔优美，情书写得极为惊艳。

1931年6月12日，他写道：

隐：

一见你的眼睛，我便清醒起来，我更喜欢看你那晕红的双腮，黄昏时的霞彩似的，谢谢你给我力量。

1931年8月8日，他写道：

亲爱的宝妹，我生平没有尝到这种滋味，很害怕真会整个儿变成你的俘虏呢！

在爱情里，他早已臣服。然而此时，陈竹隐却心生犹豫。

爱情最初的热烈过去后，她开始冷静下来。她一想到结婚后便成了六个孩子的母亲，就感到压力大到不能承受。于是，在犹豫中，她渐渐地疏远了朱自清，这让朱自清变得颇为伤感。

可陈竹隐毕竟是爱朱自清的，这些羁绊无法阻挡住她对他的爱。他在情书中流露出的感伤，让她颇为心疼。她终没能抑制住内心强烈的情感，于是不再顾虑那么多，选择接受了他和他六个年幼的孩子。

朱自清对此感激不已，在给她的书信里如此写道：

隐：

十六那晚是很可纪念的，我们决定了一件大事，谢谢你。想送你一个戒指，下星期六可以一同去看。

那个周六，他们一起去看了戒指。不久，他们在上海杏花村酒楼举行了婚礼。

彼时，他们相识刚好两周年。

- 贰 -
婚姻里也要有爱情

结婚后，朱自清的大男子主义和不浪漫差点毁了他们的婚姻。另外，他还沉浸在对亡妻的怀念之中。

武钟谦虽然没有文化，却是个贤妻良母，凡事都不让他操心，为他烧饭洗衣、看顾孩子，帮他分忧解愁，让他安心写作。也许，正是武钟谦的贤良淑德，才惯出了朱自清的大男子主义。

许久以来，他都习惯了享受武钟谦为他营造出的家庭氛围。他也是个温良的男子，因她对自己好，所以也对她好。因而在武钟谦去世后，他非常伤感地说："我也只信得过你一个人，有些话我只和你一个人说，因为世界上只你一个人真关心我，真同情我。你不但为我吃苦，更为我分苦；我之有我现在的精神，大半是你给我培养着的。”

这样的眷恋，是不容易被取代的。

他也懂得感恩，谁对他好，他便永生不忘。诚如父亲送他坐车、给他买橘子，他心生感动，写下了那篇流传颇广的优美散文《背影》。

对于亲情如此，对于爱情他也是如此，只是更倾向于一种比一般爱情平淡又长远的情感。因此，在他的爱情世界里，是没有电光石火般的激情的，只有不离不弃的爱。

可是，陈竹隐远远不是他需要的那类女子。她生在一个书香世家，自小进私塾读书，虽家境清贫，但父母感情极好。家里有12个孩子，虽有些乱，却温暖。在如此环境下长大的孩子，天性自是善良。同时，她又独立坚忍，才情非凡。

因此，对于爱情的渴望，她充满了浪漫的想象。

谁知，一嫁入朱家，她就成了几个孩子的继母，生活全是围着孩子转，导致她的才情无以施展，而朱自清更是忽略了她与武钟谦的不同——她是需要爱情的。

朱自清以为陈竹隐和武钟谦一样，会全力照顾好这个家，凡事不用他操心，他只管一心工作即可。然而，陈竹隐与武钟谦截然不同，她需要一份有爱情的婚姻。

可是，现实却非这般理想。

初为人妻，陈竹隐就有了落差。曾经，她会经常与同学一起写生、看戏；而今，她却要被几个孩子缠住，不能工作，不能会友，每天不是给这个孩子讲故事，就是给那个孩子补衣服，另外还要操心朱自清的饮食起居。想来，还真是可怕。

这样琐碎的生活，一时还能接受，日子久了难免让人厌烦，更何况，曾经的她是那般热闹地活着。这一切，让陈竹隐不禁心生厌倦。

而朱自清对这一切并不自知，他以为陈竹隐和武钟谦一样热爱家务，喜欢家居生活。他和武钟谦生活了12年，早已习惯了这样的生活。

某日，他像往常一样回到家，饭菜却已上桌多时。一看饭菜凉了，他的脸色就不好看了，想起以前武钟谦的好，于是嘟囔了几句。就是这几句抱怨，让陈竹隐内心积压多时的郁闷爆发。在收拾碗筷时，陈竹隐叮叮当当地将锅碗乱摔一气。看到陈竹隐这样，朱自清又生气又伤心，更念起武钟谦的好。

于是，两个人有了隔阂。

更有一次，陈竹隐的朋友宁太太来访。闷在家里多时的陈竹隐自是高兴不已，竟然忘记将她领到别处聊天，而是在朱自清的面前大声聊了起来。在一旁看报的朱自清被吵得一个字也看不进去，心里十分恼火。他冷着一张脸在那里，也不理宁太太，陈竹隐自然将这些看进眼里，心底的怨气更深了。

她开始想念家乡成都，觉得结婚一点意思没有。她也发现自己是这样不喜欢北平，这里的街道、学校、杂货铺，她都看不顺眼，心里的厌烦，无论如何都排遣不了了。

她不想过这样的日子了，某一天竟忍不住哭起来。

朱自清见状忙问她原因，她便更觉委屈，索性将这些天来的不满全给发泄了出来。这时，朱自清才幡然醒悟，原来她的悲伤、寂寞，他都冷漠地给忽视了。

可是，他不是个花言巧语的人，面对陈竹隐的委屈，他有些不知所措。不过，他决定调整自己。于是，他开始抽出一些时间来陪她，把孩子们安顿好后，和她一起去散步，一起去听戏。

虽然只是偶尔为之，但陈竹隐明显地快乐了起来。

某一次，他们听完戏回家，在路上，陈竹隐忍不住在朱自清身边俏皮地唱了几句。月色里，朱自清看着她美丽的脸，心悦不已。

是的，婚姻是需要爱情滋润的。他们这对深爱彼此的人，在发现问题后愿意共同努力解决，是多么难得。在他们那个时代，又有多少人的爱情毁在了这细碎的生活里！

－叁－
相知亦相伴

陈竹隐渐渐地适应了这个家。她因为爱他，也爱屋及乌，视他与前妻的孩子为己出。

他们的家庭生活，慢慢趋于美满。

朱自清渐渐地和她交流、谈心多了，甚至在写作时也开始征求她的意见。某一次，他写一篇散文《女人》，其中有："在路上走，远远的有妇人来了，我的眼睛像蜜蜂们嗅着花香，直攫过去。""攫"字，原本是手的动作，他却用在眼睛上，不确定是否合适，所以与陈竹隐讨论开来，陈竹隐想了想说："这样一用，更可见急切和热烈的心情了。”这样的沟通，让他们的心贴得更近。

随着相处越来越多，他渐渐发现了陈竹隐的好，对武钟谦的怀念渐渐消减。

他发现，陈竹隐是个有思想的人，对他的爱原来并不比武钟谦的少，只不过爱的形式和内容不同。有了这样的思想转变后，他对她的爱更深了，甚至产生了依恋。

就这样，他们适应着彼此，日子过得越来越温馨。

最好的婚姻，便是相知相伴。就如那首流传度极高的《再回首》中唱到的：“曾经在幽幽暗暗反反复复中追问，才知道平平淡淡从从容容才是真。”

只是，他们的感情虽然越来越融洽，生活却日趋清贫，究其根本，是因为孩子本来已经很多，他们结婚后很快又添了孩子，生活成本太高。这样，朱自清每月的薪水只够买三袋面粉，远远不够一家人的伙食量。

缺衣少食，成了他们家庭生活的常态。

不过，陈竹隐很是了得。为了撑起这个家，她一个女子柔弱的身躯贡献出了一切精力，放弃了多年来的画家梦，只留在家中专门相夫教子。没有积蓄，仅靠朱自清一个人的收入，每天有八张嘴等着吃饭，六个孩子要读书，这种重担不是一般人可以承受的，陈竹隐却扛了下来。为了维持孩子们的学业，她甚至瞒着朱自清和孩子们去医院卖过几次血。

抗日战争时期，因为朱自清工作的变动，他们夫妇带着孩子们随校南迁到了云南昆明。动荡使他们的生活更加困难，为了缓解这一困境，为了让朱自清更安心地工作、写作，陈竹隐再次做出了勇敢的牺牲，毅然带着孩子们回到家乡成都，免去了朱自清的后顾之忧。

都说“夫妻本是同林鸟，大难临头各自飞”，可是对他们来说，并不是。

遥远的距离，加剧了他们的相思。每逢寒暑假，朱自清都归心似箭，不远千里从昆明赶往成都，不以为苦，反而乐在其中。

这样的男人，也是暖心的人。放在现在，可以说是十足的暖男——懂得体贴，懂得如何去爱自己的女人。

那几年分离的岁月里，他们的日子清贫无比。她一个柔弱的女人，带着几个孩子东躲西藏，常常忍饥挨饿，更有疾病的侵袭，曾经有一阵，他们母子几人还陷入相继病倒住院的悲惨境地。二女儿就是在那个时候得了暴病，只一天时间就去世了。

不过，生活即便如此困顿，也没能击垮陈竹隐。仿佛一夜间，她变得无比坚强，敢于承担，再无昔日那些娇气，将全部精力、心力都投入这个家庭中。

后来，总算苦尽甘来，他们终于团聚。

然而，这时朱自清的身体却出现了不适。在西南联大教书的多年岁月里，因受战乱的影响，学校的薪水不能按时发放，朱自清又担负着养活全家十几口人的责任，独自生活的他不得不节衣缩食，落下了严重的胃病。

看着越来越瘦弱的朱自清，陈竹隐心疼无比。为了让他尽快恢复，她尽可能地节省出钱来为他买一些新鲜的水果蔬菜来帮他调养身体，而她自己则一如既往地省吃俭用。看着曾经秀外慧中的女子为了这个家早已没了往昔的模样，朱自清深感内疚。

可是，对陈竹隐而言，能守着一个自己爱的男人、自己爱的家，她什么苦都不怕，什么困难都可以克服。对此，她不但毫无任何怨言，还向朱自清提出了体贴的“约法三章”：

一、家务事由她大包大揽，朱自清不必插手，只需专心写作、备课即可。

二、要培养孩子们的独立意识和生活能力，该让他们去做的事，便不用父母代劳。

三、虽然家贫，但也不必为此烦恼，各项开支能省则省，能维持基本生存就够了。

能得到这样一个体贴入微、善解人意、任劳任怨的女子为妻，夫复何求！

所谓大爱，莫过如此。正如高尔基所说：“婚姻是两个人精神的结合，目的就是要共同克服人世的一切艰难、困苦。”

再美好绚烂的爱情，若不能相互扶持，也不能白头偕老。要知道，婚姻不只是两个人的婚姻，而是爱情、亲情、友情的结合体，需要认真经营、小心呵护，付出之后也不求回报。

因此，好的婚姻需要智慧和气度，需要夫妻同心同德，正如朱自清和陈竹隐一样。

- 尾语 -

只是，他们后来的日子，没能因为团聚而更圆满。

朱自清的身体越来越差，不分昼夜地辛劳，加上生活的困顿，使得他的胃病越来越严重。而他自己也知时日不多，为了能留给家人更多的生活资金，他更是忍痛坚持着上课、写作，如同一头不肯停下脚步的老黄牛。

1948年8月6日凌晨，悲剧还是发生了。他胃痛到不能忍受，待陈竹隐将他送到医院时，他的胃溃疡已经严重到引起了并发症——胃穿孔。手术后倒是脱离了危险，然而当所有人都松了口气时，他的病情再次恶化，而这一次再高明的医术也无力回天。

骨瘦如柴的朱自清，即便对陈竹隐和孩子们有再多不舍，也是徒劳。他终究离开了这个世界。

伤心欲绝的陈竹隐，用墨水蘸着眼泪写下了如此祭文：

> 呜呼佩弦，中道惨殂，生者何堪，死者何苦。儿女天涯，散而难聚，稚子无知，依依索父。呜呼佩弦，相从迄今，一十七年。甘苦患难，历久弥坚。方期白首，共证前缘，如何撒手，永别人天。忆君平生，肝胆相照，忠恕廉直，热肠古道，哀哉斯人，天胡不吊，摧我琴瑟，丧我先导。值君之幼，奔走四方，及君既长，诸苦备尝，家道艰虞，锐身独当，尽瘁学术，竟以病殇。呜呼佩弦，秋风泱泱，愁思茫茫，楚些有恨，薤露无常，东南西北，魂兮何往，诚其可通，来格来尝。呜呼哀哉！尚飨！

也许是上天注定，他们从相恋到结婚，从结婚到诀别，相守的时光不过短短十几年。然而，这十几年的夫妻情分，却情深意长。

他去世后，她也一直善待他所有的孩子。大儿子虽然不是她的亲骨肉，但在生活最困难的时候，她缺衣短食也要每月寄给他三十元钱，而那时她一个月不过六十元的工资。

后来的岁月，她全部的闲暇都用来整理他的书稿。

这一生，她为他付出甚多，都是甘心情愿。

十几年的婚姻里，他的眼里从无其他风景，她的心里也未曾装过任何别人。这样的婚姻，放在如今依然令人艳羡。

相爱是肯给对方看自己的灵魂

鲁迅致许广平

世上总有为爱勇敢至奋不顾身的女子，却鲜有相匹配的男子。

因而，这世上便多了些痴情怨女，冷暖自知地爱着。

幸好，许广平不是其中之一，她的奋不顾身得到了他的一生相守。

相爱并不是有勇气和热情就够了，还要有共同的追求与信仰。

因为，爱是一件交付灵魂的事。

最美的情话

“我也当平心和气，度过预定的时光，不使小刺猬忧虑。”

“你中毒太深了，我课堂上讲的这个故事你太理解了……我可以爱，你胜利了。”

“广平兄：依我想，早该得到你的来信了，然而还没有……”

“我对于名誉、地位，什么都不要，只要枭蛇鬼怪够了。”

“此地四无人烟，图书馆中书籍不多，常在一处的人，又都是‘面笑心不笑’，无话可谈，真是无聊之至。海水浴倒是很近便，但我多年没有凫水了；又想，倘使害马在这里，恐怕一定不赞成我这种举动，所以没有去洗……”

“我寄你的信，总要送往邮局，不喜欢放在街边的绿色邮筒中，我总疑心那里会慢一点。然而也不喜欢托人带出去，我就将信藏在衣袋内，说是散步，慢慢的走出去，明知道这绝不是什么秘密事，但自然而然的好像觉得含有什么秘密性似的。”

“十年携手共艰危，以沫相濡亦可哀。聊借画图怡倦眼，此中甘苦两心知。”

“忘记我，过好自己的生活！”

–零–
一世情缘，两地书

在那个封建社会末期，大部分人的婚姻是没有爱情可言的，鲁迅也不例外。

在他的青年时期，母亲一手包办他的婚姻，给他娶了妻子朱安。这样的婚姻，对他而言是一种枷锁，没有爱情的生活，让他找不到感情上的依托。就在他对这种生活已经麻木，并且以为自己会这样度过一生时，她走进了他的世界，打乱了他平静的生活，并且在她的猛烈进攻下，他惶恐不安、欲罢不能。

她是他的学生，1923年大学二年级时开始听他讲课。

开学第一天，她即对他这位写小说赫赫有名的先生有了异样的好感。对于爱情，她特别勇敢，绝不忸怩。因此，她展开了大胆的追求，明知他有一个父母之命的妻子，还是勇敢地遵循了内心的想法，给他写信，更勇敢地将写给他的情书直接刊登在报纸上。

他热烈地回应着她的来信，由此有了那些充满着“小鬼”“害马”“枭蛇鬼怪”等可爱昵称的《两地书》。在他们的书信里，其细微之处，也给我们还原了一个文学大师痴情、温存的另一面。

正应了那句，所有的知识分子都是需要爱情的，刚硬冷峻的他也不例外，看他回应她的那些文字就可知。

在守旧者的讥讽和反对声中，在她“不自量也罢，不相当也罢，合法也罢，不合法也罢，这都与我不相干！”的铿锵有力的声音中，他接受了她的爱。他们赢得了爱情的最终胜利，携手到了上海，开始了共同的生活。

那一年，他46岁，她才28岁。

如同他们的爱情一般，婚后的他和她的感情也超于一般夫妻之上。她曾说过：“我自己之于他，与其说是夫妇的关系，倒不如说不自觉地还时刻保持着一种师生之谊。这说法，我以为是更妥切的。”

正是基于这一点，在后来的朝夕相处里，她仍将他待为自己的严师，从生活的点滴里细细去发现他的伟大，不断地向他学习，学习他的待人接物、为人处事，景仰他的不避锋芒、为民献身的高贵精神……

一旦爱里有了崇拜，也就有了恒久。

在他们的婚姻生活里，她不仅是一个出色的家庭主妇，而且是一位得力的工作助手。他们的爱情，朴实无华又真挚自然，如同一朵清新的花摇曳在他们的婚姻生活里。

对于她的照料和陪伴，他极为感动。相识十年，他专门购得上海有正书局翻造本的三集《芥子园画谱》赠予她，并深情题诗道：

十年携手共艰危，以沫相濡亦可哀。
聊借画图怡倦眼，此中甘苦两心知。

只是，不久他溘然长逝。

十年后，她写了一篇《十周年祭》，用文字祭奠他们曾经的深情：

鸣呼先生，十载恩情，毕生知遇，提携体贴，抚盲督注。有如慈母，或肖严父，师长丈夫，融而为一。鸣呼先生，谁谓荼苦，或甘如饴，唯我寸心，先生庶知。

这一诗一文间，道出了他们的相爱相知、生死难忘，亦是他们《两地书》的延续。

一世情缘两地书，诠释的全是他们爱情的美好。

-壹-
遇见是一切缘分的开始

她和他相遇，是在北京女子高等师范学校。

那是1923年的秋天，他应好友许寿裳之邀，到北京女子高等师范学校（1924年更名北京女子师范大学）任教。

她是一个世家闺秀，来自广东，正就读于该校。然而，这位不太美丽的广东女子，并没有给他留下很深的印象。但是对于她而言，情况则不同，因为她早就对他极为景仰，初见时他就在她的心里留下了深刻的印象。

多年后她如此回忆："突然，一个黑影子投进教室来了，首先惹人注意的便是他那大约有两寸长的头发，粗而且硬，笔挺地竖立着，真当得'怒发冲冠'的一个'冲'字。一向以为这句话有点夸大，看到了这，也就恍然大悟了。褪色的暗绿夹袍，褪色的黑马褂，差不多打成一片。手弯上，衣身上许多补丁，则炫着异样的新鲜色彩，好似特制的花纹。皮鞋的四周也满是补丁。人又鹘落，常从讲坛跳上跳下，因此两膝盖的大补丁，也遮盖不住了。一句话说完：一团的黑。那补丁呢，就是黑夜的星星，特别熠眼耀人。小姐们哗笑了！‘怪物，有似出丧时那乞丐的头儿’。也许有人这么想。讲授功课，在迅速地进行。当那笑声还没有停止的一刹那，人们不知为什么全都肃然了。没有一个人逃课，也没有一个人在听讲之外，拿出什么东西来偷偷做。钟声刚止，还来不及包围着请教，人不见了，那真是‘神龙见首不见尾’。许久许久，同学们醒过来了，那是初春的和风，新从冰冷的世间吹拂着人们，阴森森中感到一丝丝的暖气。不约而同地，大家吐了一口气回转过来了？”

太多女子的爱情，来自景仰，来自崇拜。她的爱情，就是如此。

在他们的师生关系延续了一年多后，1925年3月，她开始写信给他：“苦闷之果是最难尝的……而苦闷则总比爱人还来得亲切，总时刻地不招即来，挥之不去。先生！有什么法子在苦药中加点糖分？现在的青年的确一日日地堕入九层地狱了！或者我也是其中之一。……先生！我现在希望你把果决的心意缓和一点，能够拯拔得一个灵魂就先拯拔一个！先生呀！他是如何的‘惶急待命之至’！”

没想到，他很快回信了，并且超乎她的预料，有洋洋洒洒两千字之多。在信里，他像个久违的老友或者热心的长兄，道出了自己是如何“在这世上混过去”的方法，探讨了关于学校和社会黑暗的问题，提到了人生的两大难关——歧路和穷途。

不过，收到回信后，她诚惶诚恐，因为在这封信里她看到了他对自己的称呼——“广平兄”。她觉得自己愧不敢接受这一称呼，于是表达了疑问：“当我拆开信封，看见笺面第一行上，贱名之下竟紧接着一个‘兄’字，先生，请原谅我太愚小了，我值得而且敢当为‘兄’吗？不，不，决无此勇气和斗胆的。”

他收到回信后，耐心地讲了自己用“兄”字的含义——原来，他在给老朋友、旧同学或者他的学生们写信时，为了显得亲切些，都称对方为“兄”，并不含有任何“哥哥”的意思，让她大可不必“一见而大惊力争”。

她这才释怀，并对他的景仰更加深了一层。另外，她在他的面前显露了自己活泼调皮的一面。她会在信中自称“小鬼”，说：“先生写两个‘山’字那小鬼也不去，烧符也没用，先生还是没奈何的破费点光阴吧！”

而他，是甘愿为这个小鬼破费光阴的。他不但以极高的频率和她通信，而且时常为她寄去《语丝》《现代评论》等刊物，指导她写文章，还替她在自己主编的《莽原》上发表。

黏着他的调皮小鬼，由此“在寂寞的空气里，不知不觉地发生微笑”。

爱情也在这微笑里，蔓延开来。

正如她自己所说："爱情的滋生，是漠漠混混、不知不觉的，不晓得怎么一来彼此爱上了。"

– 贰 –
都曾是爱情里有伤的人

认识她之前，他生命中有两个女子。第一个是他的表妹。

小时候在外祖母家，他常常和这位表妹一起玩耍，是被家人认可的一对青梅竹马。两家的父母也很乐意定下这门亲事，可是就在提亲之际，他们在合八字的时候却出了问题。据说，她的属相完全和他的相冲，并且严重到婚后会克夫。

这可吓坏了他的母亲，她无论如何也不敢再提这门亲事了。而表妹的父母见周家迟迟不再提亲，无奈之下只能将自己的女儿另许别家。可惜的是，没过多久，这位女子就含恨病死，临死时对服侍自己的老妈妈道出了缘由："周家明明是来议过亲事的，怎么后来又不提了呢？我到死也忘不了这件事。"

因为爱而不得，女子多过不去那一关。他们终成了阴阳相隔的两个人。

从这之后，他整日郁郁寡欢，将全部心思都付诸学习，很快便以优异的成绩毕业，并获得公费留学日本的资格，踏上了异国求学之路。

然而，他的母亲在未征得他同意的情况下，就擅自做主为他定下了一门亲事。对此，他万分不满，多次要求母亲退婚，然而母亲十分固执，丝毫不理会他的抗议，反而多次催促他赶紧回国完婚，最后还生了这样的一计，给他发了一封写有“母病危，速归”的电报。

无奈之下，他匆匆从日本赶回，却发现家里张灯结彩、一派喜气，原来母亲是在给他张罗婚礼。再生气，也抵不过孝心，他最后还是放弃所有排斥，跟一个未曾谋面的女子结了婚。

这个女子，就是朱安。

朱安，也是个不幸的女子。在他们婚后第三天，他便急匆匆地离家去了日本。而在此后的几十年里，他即便回来同她住一个院子，也未曾同房过，他们始终只是名义上的夫妻而已，而她做足了一辈子的“活寡妇”。

她不是不好，只是不得他的喜欢。许多年来，她始终是周家贤良的儿媳。对周家，她尽职尽责，将他的母亲服侍得无微不至，将他们一大家子的生活也打理得井井有条。不过，于他，她始终是母亲强加给自己的一件礼物，他说：“对于她，我只有赡养的义务，爱情是我所不知道的。”

他无论如何都做不到爱她。

他也明白她的无辜和痛苦，然而爱情是无法用同情来替代的。因此，很多时候，他都待她极为冷漠。他尽可能地避免和她有任何接触，也很少同她直接说话。曾经，朱安给他做过一条棉裤，他早上出门没注意就穿上了，结果知道这是朱安做的，竟二话不说脱下来丢到了门外，再也不穿了。

这样的委屈，让朱安倍感悲凉：“我好比一只蜗牛，从墙根一点一点地往上爬，虽然爬得慢，但我相信总有一天会爬到墙顶的，现在我没有办法了，我没有力量爬了。”

在他的心里渐渐长出了坚硬的痂，他固执地让它将自己包裹起来；他的心海也渐渐失去了水分，成了一片荒瘠的沙漠。

在爱情里，他始终是一个内敛的人，做不到主动。这也是为何后来主动的许广平可以进入他的内心。

许广平在与他相逢之前，有过一段伤痕累累的爱情——与同乡兼表亲的李小辉相爱。李小辉本来打算去法国勤工俭学，因为错过了考期，便进了她所在的北京大学。在一段短暂的相处里，两人的感情有了质的飞跃。只是，没过多久许广平不幸传染上了猩红热，李小辉因为经常来探视她，被传染上了。结果许广平痊愈了，李小辉却不治身亡。

这个意外的噩耗，在一段时间内几乎击垮了她。这是她的初恋，也是她第一次勇敢地追求婚姻自由获得的爱情，然而却这般仓促地幻灭。由此，她陷入一种无法自拔的伤痛中，长时间无法走出。

时隔十八年，她还有着这样的回忆："到了第十八年纪念的今天，也许辉的家里早已忘了他罢？然而每到此时此际，霞的怆痛，就像那患骨节酸痛者的遇到节气一样，自然会敏感到记忆到的，因为它曾经摧毁了一个处女纯净的心，永远没有苏转。"

也许，正是因为他们两人都在爱情里受过伤，他们的灵魂才能碰撞出激烈的火花。

－叁－
两地书，一世情

从1925年3月第一封信开始，到7月间，他们之间的通信已达四十余封。

在信里，他们表达出了共同的理想和信念，他们之间的爱情火花渐渐迸发直至熊熊燃烧。终于，许广平决定豁出去了，勇敢追求自己的爱情。

她在《风子是我的爱》中如此写道：“不自量也罢，不相当也罢，合法也罢，不合法也罢，这都与我不相干！”他们携手在一起，决定走完这不短也不长的人生。

那是1927年10月3日，她和他同到了上海，一起生活。为了表示对朱安的尊重，她将“与许广平女士以爱情结合终成伴侣”换成了“与许广平同居”六个字。

那一年，他已46岁，她仅28岁。

但是年龄的差距，并不是爱情的障碍，因为真正的爱情可以超越一切，包括年龄、家庭和金钱。

他们婚后的日子，充满美好。

她是他的妻子，也是他的学生。他们的感情，超于一般夫妻之上。她仍视他为严师，崇拜着，景仰着；在他们共同生活的日子里，他被国民党反动派通缉与迫害。为了他的写作，她费尽心血为他查找资料和参考书籍，她成了他第一个读者和批评者；她为他抄稿，与他共同校对；他重要的谈话，她都会留意记录和整理，以便编辑成书；对于他的文稿，她更是小心翼翼地保管着，哪怕是丢弃的片页，她也会刻意保存下来。

除了这些，她还是个特别出色的家庭主妇。

为了避免他受到干扰，她无微不至地照料他的饮食起居；为了不浪费他的收入，她精打细算，亲自做棉鞋、缝制衣服，若有客来，她会亲自下厨。她的体贴，曾让他向人如此感慨道："现在换衣服也不晓得到什么地方拿了。"

该有多幸福，才会如此感慨地在友人面前"炫耀"？尤其是他这样一个含蓄的人。

他们的生活也充满了情调。晚饭过后，他们不会立即工作，而是关掉灯，坐在屋子里，借着灰黄的路灯投射进来的光亮，相对聊天。或者，他伏案写作，她则坐在边上看报或者做手工，稍感疲倦时，便放下手头的事，一边饮茶，一边与他聊天，或者吃些零食。再有，他们或会选择去外面散步，或一起看画展，抑或去看场电影。并且，为了照顾她的近视，他每次都会有意买最好的座位。

最好的婚姻，或许就是这样。不要起起伏伏、惊天动地，相濡以沫、共闻花香的小日子，便是美好。

最美好的事情，是他们的儿子海婴出生。

对50岁的他而言，算是老来得子了，这欢喜胜过人生任何一次喜悦。

那日，当她感应到阵阵腹痛时，他不顾身体因过度劳累而有些许发热，赶紧把她送到医院。当中颇有曲折，她是难产，当医生征求他的意见是留小孩还是留大人时，他毫不犹豫地说留大人。所幸，在经历了二十七八个小时的阵痛后，孩子和大人皆平安。这样的幸运让他充满感激，第二天，他便满面欢喜地拿着一棵小巧玲珑的松树来到医院，把小松树轻轻地放在了她床边的小桌子上。

翠绿、苍劲、孤傲、沉郁，素来是形容松树的，这一次他用来象征着自己的性格，又象征着刚刚降生的新生命，还象征着他们这个家庭新生活的开始。

他为孩子起名海婴，因为爱，倒也没掺入任何寓意，只为起个名字，若是孩子大了不喜欢可以根据自己的喜好来更改。

在他们相识的十年里，他为她写下这样一首诗：

十年携手共艰危，以沫相濡亦可哀。
聊借画图怡倦眼，此中甘苦两心知。

只是，幸福的日子太短了。1936年10月19日清晨，他彻底长眠于上海。而这一年，她才38岁，小海婴仅仅7岁。

许多幸福，从此只能追忆。

他们从相识相恋，到共同生活的点点滴滴，都记录在了名为《两地书》的文字里，那些文字也诠释了他们的一世情缘。

-尾语-

1936年10月19日，这是他生命的最后时刻，他紧紧握住她的手，与她不舍地诀别："忘记我，过好自己的生活！"这是他留给她的最后遗言。

悲痛中，她为他写了一首挽词：

鲁迅夫子：
悲哀的雾围笼罩了一切。
我们对你的死，有什么话说！
你曾对我说：
"我好像一只牛，
吃的是草，
挤出的是牛奶，血。"
你"不晓得什么是休息，

什么是娱乐”。

死的前一日还在执笔。

如今……

希望我们大众

锲而不舍。跟着你的足迹！

许广平深爱鲁迅，视他为天为地，断然做不到“忘了我，过好自己的生活”，而是笃定地——“等我终于整理了你的书稿，终于养大了海婴，便也来寻那安静的去处”。因此，在他去世后，她克服了重重困难，不遗余力地保护着他的著作，甚至为此遭受了日本宪兵队两个多月的酷刑。

鲁迅在逝世的前一年对自己的文学创作有过这样的总结：“我从在《新青年》上写《随感录》起，到写这集子（《且介亭杂文二集》）里的最末一篇止，共历十八年，单是杂感，约有八十万字。后九年的所写比前九年多两倍；而在这后九年中，近三年所写的字数，等于前六年。”

是的。在他最后的光辉成就里，她功不可没。因此，才有人说：“他若是一株橡树，她便是近他旁的一株木棉！”

而那本流传于世的《两地书》，更让我们看到了一代文豪在生命的最后十年里幸而有她，才享有让人艳羡的幸福生活。

温柔要有，久久承诺

朱湘致刘霓君

夜，微冷。风，兀自吹着。

深爱一个人，会长长久久地将她（他）藏于心底，诚如他和她。

只可惜，现实是把残忍的刀，会无情扼杀掉温柔的爱情，让它成为落花，成为飘雪。繁华一梦，终究消散于烟尘！

最美的情话

“你的情好像一粒明星，重顾我于澄静的天空。”

“有好多话，藏在心底，专等一个人。等她一世都没有踪迹，你可不作声。”

“你说我的信可爱，那是因为你是一个可爱的人，所以写给你的信也跟着可爱了。”

“到了现在我的爱情敬意简直是说不出了：我觉得我能够得到你做我的妻，我真是十分运气。”

“我前两天想，唉，要是我快点过了这几年，到霓妹妹身边，晚上挨着她睡下，沾她一点热气，低低说些情话，拿一只臂膀围起她那腰身，我就心满意足了。”

“我要摸你的手，我偷偷的摸到握住，你羞怯怯的好像新娘子一样，我当时真实说不出的快活。”

“昨晚做了一个梦，梦到你，哭醒了。醒过来之后，大哭了一场……我如今像住在监牢里面，没有一个人说一句知心的话。我又想到你的温柔，你对我的千情万意，分开了，不能见面，说一句知心话，彼此温存一下……”

“偷到了空工夫，我就坐在你身旁，挨在一起，你的热气飘到我身上来，我的热气飘到你身上去，我还握紧你的手，尽望着你，望着你，低声说些喊喊话，温柔话。”

- 零 -

我对你只要爱情，不要别的

“白雪却嫌春色晚，故穿庭树作飞花。”韩愈这两句绝美的诗，用在朱湘身上再恰当不过。

落雪若飞花，似极他诗意而凄美的一生。

他有才情，亦有诗意，一生最得意皆来自他那支生花妙笔，其诗文皆让人赞叹，就连大文豪鲁迅也赞誉他为“中国济慈”。而他写的那一封封情书，即便今日读来也依然让人动容。

情书的另一端，牵系着的女子，名叫刘霓君。

起初，他们有着指腹为婚的约定，而他在接触新思想后对此无比抵触。虽然他们还未曾见面，他已经在心底否决了她，无论她是大家闺秀还是小家碧玉，他都无法接受。

于是，到了成婚的年龄，他们的婚事还迟迟未能举行。

为了逃避这段婚姻，他只想远离家门，于是专门考入清华学堂留美预科班。只是，浮花浪蕊的人生，哪那么容易就断了一段姻缘呢？

她踏浪而来，带着仰慕之心。毕竟，她在老家的报纸上已经看过他太多的诗文，知他才高八斗、才情满满。然而，她的一颗炽热的心，却被他的冷漠给浇得透心凉。

这世间，有些事需要等到风住尘香花已尽，才可以看到最后的风清月朗、花好月圆。兜兜转转，走过沧桑，他们终于相聚。

这一次，是他分花拂柳而来。他开始对这个自食其力的女子另眼相看。过去的抵触，是抵触封建包办婚姻，而不是她这个人。随着朝夕相处，他越发感受到她的好。

于是，在一个美好的日子，他向她求了婚。一段姻缘，总算归于美满。

不久，他去往美国留学。异乡的孤寂、吞噬人心的思念，让他更觉她的好，写出一封封情意绵绵的情书。

他写："你说我的信很可爱，这是因为你是一个可爱的人，所以我写给你的信也跟着可爱了。"

他也写：“要是我快点过了这几年，到霓妹妹身边，晚上挨着她睡下，沾她一点热气，低低说些情话，拿一只臂膀围起她那腰身，我就心满意足了。”

他亦写：“我如今凭了最深的良心告诉你，你有爱情，你对我有最深最厚的爱情，这爱情就是无价之宝。”

……

如此等等，字字句句都是甜蜜。只是，生活是残酷的，不只要有爱情，还要有面包。

他孤寂着，倔强着，不为人情世故折服，不为五斗米折腰。他们的生活，遂坠入穷困之中。

她开始对他失望，曾经炽热的爱日渐冰凉，落了霜，结了冰。

幼儿被饿死，成了他们婚姻恶化的导火索。最爱的人给了她最美情话，却没能给她安稳的生活，她绝望至极，于是提出了离婚。

若没了生的希望，没了爱的温暖抚慰，活着于他而言，成了多余。

在一个寂冷的冬日，他从一艘客轮上纵身一跃，投水身亡。冰冷的江水淹没了他，也淹没了他们的爱情。

从这之后，她削发为尼，遁入空门。

高城望断，灯火已黄昏。我深知，他们离去经年，他写过的那句“我对你只要爱情，不要别的”，依然动人心弦。

爱情虽会消散，但是有些痕迹还是会成为永恒——诚如朱湘写给刘霓君的那些蜜语甜言。

– 壹 –
最初的最初，她未能入他眼

他生于沅江潺潺流经的沅陵，故而父亲为他取名朱湘，字子沅。家庭虽不是大富大贵，但也算温馨美满。

只是天有不测风云，在他3岁的时候，母亲不幸因病去世，幸福的日子一去不复返。或许为了离开伤心地，父亲带着一家老小举家迁往安徽定居，可是，谁知岁月多叵测，在他10岁那年，父亲也撒手人寰。失去至亲的朱湘，只好跟着大哥一起生活。

虽说长兄如父，可是对于敏感的朱湘而言，生活从此没了颜色。与大哥较大的年龄差距，让他与家人相处有了隔阂，家只能给予温饱，却无温情而言。那时的他，孤单至极，没有朋友，也没有亲人的关怀，他常常只有独自沉浸于绘画和读书的天地里，才能忘却孤独。

幸而他书读得好，以优异的成绩考入南京工业学校预科班，翌年又考入清华学堂留美预科班。

生活貌似有了变好的可能。只是，他心头一直有件事困扰着，那就是他的婚事。

“妾发初覆额，折花门前剧。郎骑竹马来，绕床弄青梅。同居长干里，两小无嫌猜。”李白这首诗道尽青梅竹马的美好。只是，他没有这样的青梅竹马。

在朱湘未出生、刘霓君亦未出生时，他们就已经被父母指腹为婚。从幼年到成年，他们都未曾谋一面，只是互相都知道有彼此的存在。

若是他平平常常地长大，一切都会顺理成章。然而，他接触了太多新思想、新文化，便无法接受指腹为婚了。

因此，他虽然未见过她一眼，却从心底厌烦她。

他极力反抗和逃避这桩婚事，打算尽快去美国留学以求解脱。

但是，虽然父亲不在了，还有长兄在，于是，大哥开始不断劝说他尽快完婚。可是，他那颗热爱独立、自由的心，是绝不能接受这种包办婚姻的。于是，他一再地写信给大哥表明自己不娶的决心，一再恳请大哥帮自己退了这门婚事。

对于大哥来说，这是父母一桩未了的心愿，也是对婚约另一方的责任。他不能允许弟弟如此恣意妄为。

终于有一天，大哥带着指腹为婚的女孩来到清华大学找他。

这是他完全始料未及的，但是既然已经到了如此地步，他便已经没有退路，只能硬着头皮去见面。

在一个破旧的小旅馆里，他第一次见到了她。那时，她的名字叫刘彩云。

他感到十分尴尬和不满，不拿正眼看她。要知道，彼时的他是"清华四子"之一，才情满溢，可谓清华的风云人物，而她不过是未曾见过世面的乡下女子而已。

然而，没想到的是，他的冷漠并未吓到她，反而让她主动起来，用她那双充满仰慕的眸子热情地看向他。

原来，她并非他认为的没见识的乡下女子，而是一个有学识的新女性。她早就在报纸上读过他写的诗，对他的才情充满崇拜，并心生爱慕。因此，尽管他一脸冷漠，尽管他冷酷地表示自己不会跟她完婚，但她仍没有放弃。

她勇敢地对他表白心迹：绝不会让他失望。

可是，他们之间从没有青梅竹马的美好，因此她未能入他的眼，他回报的只有冷漠。

- 贰 -
因为爱，一切都是最好的安排

在古诗词里徜徉的朱湘，定然阅尽万千风花雪月。在他的世界里，爱情应如“所谓伊人，在水一方”那样浪漫而有诗意。因此，面对老派的婚配女子时，他是抗拒的。

尽管她不远千里来找他，对他表白心迹，他还是冷冷地拒绝了她。他是要对方能打动他的心，让他欢喜的。

然而，谁能断言爱呢？爱或者不爱，有时候换了时间、地点，就全然不同了。

那时，他因为叛逆，一直反对清华的各种管理制度，结果被开除，因而未能实现游学美国的愿望。无奈之下，他只好离开北京南下到了上海。

缘分，有时就是这么注定的。

正当他一人在上海体会生活的不易时，偶然获知她也在上海。原来，她的父亲去世，兄长竟然不念手足之情，强行独占了家产，导致她一无所有。于是，她只好只身到上海谋生。

朱湘满腹才学，诗文俱佳，尚且食不果腹，她一个弱女子在这无亲无故的大城市里，又如何能轻松生活？想到这些，他的心突然变得柔软起来，对她心生怜悯。

他突然觉得是自己的执意悔婚害了她。她若不是跟自己有婚约在身，或许可以嫁个好人家，而不会落到现在这样无人敢娶的境地，只能独自生活。

于是，在一个寒冷的冬天，他来到了她工作的工厂。那是一个荒凉的工厂，在一个破败低矮的洗衣间里，他看到了她。她的脸上已经布满了被生活磨砺的沧桑，一双手也尽显粗糙。

他看在眼里，疼在心里。

他的心头突然生出了英雄主义。他觉得自己必须从生活的深渊里把她拯救出来。他深情地望着她，虽没有过多言语，却暗暗下定决心要保护她一辈子。

不久，他又去找她。这次，刘霓君发烧了，一个人孤苦伶仃地躺在床上。望着憔悴不堪的她，他心底的愧疚更深了，这一次他对她表白了，承诺要照顾她一生一世。

本来枯萎的她，霎时心如莲开。就这样，他们融入了彼此，有了爱情，有了柔情蜜意。

不久，他决定娶她为妻，两人正式成婚。因为深爱她，他还给她改了一个很好听的名字——刘霓君。

他们开始过上了琴瑟和鸣的生活。

所谓一切都是冥冥之中的注定，一切都是最好的安排，莫过如此。

– 叁 –
爱情里，若没了面包还剩什么

镜里春色浓，两人相知相伴着度过美好的日子。

他的创作有了更多的新意，发表的作品愈来愈多，稿费也赚得更多，日子开始宽裕起来。

不久，他们有了爱情的结晶，一切都向着最好的方向发展。他在朋友的帮助下，回到了清华复学，还获得公费赴美留学的资格。

于是，在1927年，他去往劳伦斯大学学习。思念，因此而生。

在留学的这段时间，他生活得并不如意，先是因教授在课堂上发表诋毁中国人的言论而愤怒离开，而后转入芝加哥大学，又因为教授怀疑他的人品导致班里的女孩都不愿跟他同桌，又愤然离开。

如此不顺的生活，让他更加思念她和孩子。于是，他写下了许多动人的书信：

霓妹，我的爱人：我希望这四年快点过去，我好回家抱你进怀，说一声："妹妹，我爱你！我永远爱你！"

妹妹，你的信我都好好收起，注明号码。哪封是哪天发的，哪天到，我都写得明明白白，好带回家去。我们肩并着肩从头细看，细数这五年的离情别意。

我爱的霓妹：昨晚做了一个梦，梦到你，哭醒了。醒过来之后，大哭了一场。不过不能高声痛快地哭一场，只能抽抽噎噎的，让眼泪直流到枕衣上，鼻涕梗在鼻孔里面。今天是礼拜，我看书看得眼睛都痛了，半是出于昨夜哭过的缘故。

……

字字句句滚烫炙热，让刘霓君倍感温暖，只盼着他早日归来。

果然如她所愿，朱湘真的归来了。原来，他并不是学成归来，而是不愿意在不如意的地方久留。

他回国后，到安徽大学任职，每个月有三百元工资。在当时，这笔收入已算可观，能把一家老小的生活照顾得很好。只是，他太任性，又因不满学校而愤然离去。

愤然离去倒是痛快，他却忘了有一家老小要养，也忘了自己对她的承诺。

现实是残酷的，没有稳定的收入，仅仅靠他的才华和名声无法支撑一个家的开销。后来，刘霓君不得不从家里出来挣钱贴补家用。这样，才能勉强度日。只是，后来随着小儿子的出生，生活的压力骤然增大，面对嗷嗷待哺的孩子，他们感到力不从心。

最终，小儿子因营养不良生病没钱救治而夭折。

他们的爱情，因此撕开了一道深深的裂缝。爱情，终因缺乏面包而步入毁灭。

刘霓君的心里充满了太多的委屈和愤怒，她开始埋怨起他来，埋怨他自恃清高，埋怨他不会妥协，埋怨他任性妄为……

他们之间开始有了无休无止的争吵。他也想过改变，也努力过。

他去往北京、上海等地，四处奔波，却都因内心深处那放不下的孤傲而无法做到圆融，以至于处处碰壁，生活依然处于动荡之中。刘霓君对他失望至极，整日冷脸相对。

原来，爱情在现实里最容易被毁灭。

秋深露凉，他再无法伴她对镜梳妆，再无法看到她莞尔一笑。

– 尾语 –

生活的不堪，因她的绝望而变得更深。他如陷进泥潭的鱼儿，再也无法游出来呼吸。

终于，他在那一年的12月5日，在上海开往南京的客轮上，在刺骨的寒风中，一边饮酒，一边朗诵着他最爱的德国大诗人海涅的诗，然后纵身跃入那冰冷的碧波之中。

票是三等舱，是用亲戚的接济买的；而酒，则是用刘霓君的打工所得买的。

就这样，他冷酷而残忍地结束了自己的生命，年仅29岁。

曾经，他写过一首叫《葬我》的诗：

葬我在荷花池内，
耳边有水蚓拖声，
在绿荷叶的灯上
萤火虫时暗时明——

葬我在马缨花下，
永做芬芳的梦——
葬我在泰山之巅，
风声呜咽过孤松——

不然，就烧我成灰，
投入泛滥的春江，
与落花一同漂去

无人知道的地方。

不幸一语成谶。

他去世之后，她削发为尼。之前的冷淡是由于失望，其实她的内心里仍然深爱着他，当他真正离去时，她痛不欲生。

那么多的浓情蜜意，那么多的似水柔情，他都只是对她一人。这爱意，怎可轻易抹去?

在她心中，或许他始终是那个诗意的、温暖的、让她敬佩的人，只是生活太难，活得太累，圆满的爱情太难获得，这才有了痛彻心扉的结局。

有你爱我，我便幸福

丁玲致胡也频

这世间，爱情最好的模样莫过如此：

往后余生，能牵着一个人的手，一起看星辰大海。

有生之年，你始终做她的盖世英雄、齐天大圣。

唯愿，这一世红尘漫漫，你们在爱情里修行，共隐尘世，生死与共！

最美的情话

“我是希望爱要天天来信勉励我，因为我是靠着这而生存的。”

“我是多么感谢你的爱。你从一种极颓废，消极，无聊赖的生活中救了我。”

“你只要几个字便能将我的已灰的意志唤醒来，你的一句话便给我无量的勇气和寂寞的生活去奋斗了。”

“爱！我要努力，我有力量努力，不是为了钱，不是为了名，即使为偿补我们分离的昔绪也不是，是为了使我爱的希望不要失去，是为的我爱的欢乐啊！过去的，糟蹋了，我的成绩太惭愧，然而从明天起我必须遵照我爱的意思去生活。”

“有你一切都好，有你爱我，我真幸福，我会写文章的。而且我决定安心等到暑假再和你相聚，照我们的计划做去，而且也决心，也宣誓以后再不离开了。”

“不能睡！一半为的雷电太大了，即便睡下去，也不会睡着，或更会无聊起来，一半也是为的人有点兴奋，愿意来同我爱说点话。在这样的静寂的雨夜里，和着紧张的雷雨的合奏，来细细的像我爱就在眼前一样的说一点话，不是更有趣味吗？”

“雷电已过去，只下着小雨，夜是更深了。灯也亮了，人也倦了，明天再谈吧，祝我的爱好好的睡！我真的是多么甜蜜而又微笑的吻了你的来信好几下呢！”

- 零 -
若一开始就深爱

“谢娘别后谁能惜，飘泊天涯。寒月悲笳，万里西风瀚海沙。”这是纳兰容若《采桑子》里的词句。

依稀仿佛纳兰容若孤寂地站在寒风凛冽的塞上，漫漫黄沙遥望无边，清雪飘落，落满他的肩，他伸手攥冷雪，雪花瞬间在他的手心融化成滴滴水珠，像多情人的眼泪。

每每读这句子，都会想到那个传奇一生的丁玲，她和胡也频爱而不得的悲情，会莫名让人想起纳兰，想起纳兰那些悲凉的词句。

白雪拥抱茫茫黄沙，最亲密的接触也不过天与地的瞬息之缘。而人与人，若真的有缘无分，那么爱恨便都是苦，没有谁能怜惜。

起初，她的眼里从没有过胡也频。他的深情，不过是他的一厢情愿。不过，幸而他固执深情，始终追随着她，他们之间才得以蔓延开一段情愫。

当得知在北平孤苦无依的丁玲回到故乡湖南常德时，胡也频便不惜借钱去她的故乡找她。山迢迢，水迢迢，胡也频终于用这深情的行动打动了她。

“茫茫碧落，天上人间情一诺。”这世间若有男子愿意对一个女子许下深情的承诺，对于这个女子而言，便是三生有幸。

世事多变且凉薄，能有人为爱盟誓，实在太过难得。丁玲后知后觉的心，不免为其所动。

只是，尽管他们开始恋爱了，她也还未能真正爱上他。

于胡也频而言，能与深爱的女子在一起便是天下最幸福的事情；然而，对丁玲而言，一切都是随缘，只是生活太过平淡，要过下去很难。于是，爱情里便滋生了诱惑。

她，是他的唯一所爱。而他，却不是她的心头至爱。她会情不自禁地爱上另一个人，他的心被灼热地刺痛。

他们的爱情，由此产生了裂痕。所幸，丁玲最后还是选择了他。

时间和距离，是考验爱情最好的方法。原来在不知不觉的相处里，他早已入了她的心，融入了她的生命。她回过头来，投入他的怀中。

原来，世间的圆满往往都要经历山重水复、曲折迂回，才能获得。

自这之后，他们曾经分开过一个月，这一个月里他们书信不断，情意绵绵。

只是，现实太过残酷，给了他们相识相爱的缘分，却不让他们一生相守。

他，被无情杀害了，在她给了他爱之后。他们，从此天人永隔。

为了爱她，他拼尽全力，好不容易得以相守，却魂归天际。他，应有太多的不舍。

有时会想，若一开始他们就彼此深爱，那该多好，那么他就不必历经沧桑、挫折，也不会苦，得多好。

可是，这世间从来没有如果。

-壹-
初遇，即是美好的悸动

生于湖南常德的丁玲，是个有着文艺气息的女青年。

4岁时，丁玲的父亲去世，母亲怀着遗腹子，带着她勉力生活——以一个弱女子之身，在家乡创办小学，自任校长，给予了丁玲很好的教育。大概从6岁起，她就跟随母亲，在母亲任职的学校就读。

母亲坚忍、果敢，给予丁玲敢说、敢闯、敢于接受新事物的性格。从少年开始，丁玲就视母亲为偶像，对她充满尊敬，并为她骄傲。

确实，母亲的坚忍深深地影响了她，并且支持她摆脱了一场包办婚姻。

那是她年幼时，因外祖母的一句话，跟三舅家的儿子被订下了“终身”。而作为新新人类、有学识的女性，随着年龄增长，她将追求更多的东西，不会被局限于婚姻，更不会甘心屈服于包办婚姻。

于是，那一年她准备去上海平民女校读书。

然而，婚约在身，她这番举动在家里引起了极大的风波。三舅看到她要去往大城市，便逼迫她半年后与表哥结婚。

所幸，她有理解她的母亲，给了她莫大的支持和帮助。尽管后来的她并没有拿到平民女校的毕业证书，却因此获得了人生的自由。

这段经历，也许是上天为她后来与一个男子的恋情埋下的伏笔。

那年，20岁的她前往北平求学，报考一所美术学院。

出于种种原因，她没能被美术院校录取，于是，她到西城的通丰公寓暂住。恰好当时胡也频也住在这一公寓。

有些缘分，或许冥冥之中早有注定。当时丁玲的室友，正好跟胡也频的好友恋爱，由此，丁玲和胡也频也就熟稔起来。

从小就接受西式思想教育的丁玲，无论是气质还是外貌都极具吸引力。胡也频初次见到她的那一刻，就被她深深地吸引了。

不过，当时只是郎有意、妾无情，满怀抱负的丁玲对爱情并不渴求。虽然报考美术学院失败，但她并未放弃，而是准备去往法国深造。因此，当胡也频爱慕她时，她并没有将他放在心底，甚至没有太过留意他。

只是，一向支持她的母亲断然拒绝了她去法国的计划。这让一直处于漂泊之中的她倍感伤心，加之弟弟的夭折，她的心顿时无处安放。于是，她经常一个人寂寥地游荡，或到南城外陶然亭的芦苇丛里痴坐，或到西城外的田野里痛哭。

她脸上流露出的深深忧伤，被胡也频看在眼里，疼在心里。

某一个黄昏，他捧着一大束黄玫瑰来到了丁玲的住所，羞涩地将他对丁玲的爱慕之情写到了一张小纸条上："你的新弟弟所献！"

在这世间能遇到一个如此暖心之人，于丁玲而言是幸运。尽管，她仍没能对他动心。

－贰－
爱她，即使万水千山也追随

爱是什么？是堤边柳，还是湖心月？有时，真说不清。

于那时的丁玲而言，爱是奢侈的，长期的漂泊和不如意的生活，早已把她的风花雪月消磨殆尽。因此，当王勃山邀请她回湖南时，她义无反顾地跟随他回到了湖南老家。

然而，爱对于胡也频却既是堤边柳，也是湖心月。在丁玲面前，他是多情的，亦是痴情的。因此，当他听说丁玲回了湖南老家时，他的第一反应是追随。于是，他借了钱，开始了风尘仆仆的追爱之路。

一天，当他猛然出现在丁玲的面前时，丁玲那颗冰冻的心开始融化。精诚所至，丁玲终于答应与他交往。

他们一起结伴回到了北京，在香山的一处村子里租下了房子，开始同居。他们的爱情虽然并不轰轰烈烈，却也甘之如饴。

每当家里的米吃完时，她都会找出些衣物，让他拿到城里当铺换钱买米。当他下山时，她总会踱着小步紧赶出来，远远地对着他喊着不舍，而每每他都会折返过来，给她一个甜蜜的拥抱，然后牵起她的手说一句“小傻瓜”！

他们还有更甜蜜的片段，如同画面一般：雨丝漫漫的日子里，他们一起撑着把油纸伞，一起去卧佛寺看山、看水、听泉；斜阳黄昏里，他们手牵着手走几里路，到小团城去看晚霞艳美；有月的夜，便会半夜起床，相拥着一起看流星、看新月弯弯。

正是这样的幸福生活，滋养了她的文学创作灵感，她相继写出了《在黑暗中》《韦护》《水》等优秀作品，备受文学界瞩目。

他们的日子过得如小桥流水一般，虽不富有，生活却因爱而丰盈。

只是，爱情有时会开小差，不是人力可控——那一年秋天，她无可救药地迷恋上了一个文学天才冯雪峰。

冯雪峰，浙江义乌人，遇见丁玲时，他已是小有名气的“湖畔诗人”。彼时，他正在北京大学自修日语。尽管他其貌不扬，也身无分文，并且不见气质，但这些在丁玲看来都是他的独特之处。

在丁玲眼中，他就如同男神一般，让她高山仰止。

为了创作一部小说，她找他帮自己补习日语。随着时间的推移、相处的增多，她对他的仰慕更深，几乎到了不能自拔的地步。她的情不自禁，深深伤害了深爱她的胡也频。

曾经，胡也频在《自祷》中如是写下：

> 呵，被打击的心，我愿你常为欢乐之家，不受苦恼之光的芒刺，倘若发现了不幸之事实，亦愿你如圣者不计较其恶意之分量。

然而，因为深爱，他无法放弃。尽管被挚爱之人如此伤害着，内心如此煎熬着，他仍然不离不弃地守在丁玲的身边。

后来，他们三人先后来到了上海，纠葛依旧。到最后，三人竟然在杭州西子湖畔租了房，一起生活在了同一个屋檐下。西湖美景如梦如幻，氤氲着他们三人的伤感。毕竟，任你再怎么豁达、开明，一旦深爱一个人，就会自私。

谁愿意跟别人来分享自己的爱呢？他们仨，亦不例外。

最先无法忍受的是胡也频，他跑到上海的沈从文处去“诉苦”，在沈从文的点拨下，他又回到了杭州。巧的是，这时的冯雪峰正要接受安排回到故乡，加之丁玲的放手，这段惊世骇俗的三角恋才得以结束。

一切回归最初，爱情或有裂痕，但仍坚固。

不久，丁玲的小说《莎菲女士的日记》发表，一时名声大噪。胡也频去济南教书，丁玲留在上海安心写稿，经过是是非非之后的他们俩，感情却莫名升华了，在爱情中一直有些犹豫不决的丁玲，决定这一生都与胡也频白首不相离。

生活，就此趋于尘埃落定。

- 叁 -
愿世间，无永别

在他们感情最胶着的时候，有了一次小小的别离。

时间不长，仅仅只有一个月，然而他们在这一个月内却情书一封封，思念一遍遍。

直到丁玲受不了思念之苦，也来到了济南，他们这一段鸿雁传书的日子才告以结束。

在济南，丁玲与胡也频在一个学校教书。她喜欢穿细高跟鞋，那时学校的路高低不平，于是，胡也频便充当她的手杖，他们相互搀扶的甜蜜样子，常常成为学校一道最温情的风景，他们二人也成了学生最羡慕的一对神仙眷侣。

只是，岁月总有波涛汹涌时。

胡也频在教书期间，思想和性格有了极大改变，他热情地宣传着马列主义，积极地为革命奔走，更因言论激烈而被当局追捕。丁玲对胡也频是大力支持的，可形势严峻，再怎么相互扶持也在劫难逃，于是，他们在校长张默生的帮助下离开了济南，再次来到上海。

不久，两人同时加入以鲁迅为盟主的进步作家联盟，走向文学战士的革命道路。

那一年的11月，她生下了一个叫胡小频的婴儿。他们成了一个三口之家。

尽管他们的生活依然窘迫，精神却无比快乐。他担任联盟的执行委员，日日在外从事革命活动；她则在家写作，照看婴儿，亦洗手为丈夫孩子做羹汤。

只是，这样的日子仅仅过了一年，第二年，胡也频不幸被捕。

她在他离去之后的日日夜夜，都会记得那一天：他一大早就出了门，说是去东方旅社出席一个秘密会议。说好的下午开完会就回来，可是她在家左等右等直等到华灯初上，也没见他回来。

她产生了不祥的预感，焦躁得不停地来回走着。这时屋外刮起风来，她焦急的心情更是无处排遣。

后来，她曾写下过这样一段文字来记录当时的情形："屋外开始刮起风来了。房子里的电灯亮了，可是却沉寂得像死了人似的。我的神经紧张极了……我不知在什么时候冲出了房，在马路上狂奔。"

他没有回来，她的世界就此归于死寂。

夜渐深，她知道他肯定是出事了，于是跑到党团书记冯乃超家门前，疯狂敲门后始终不见有人来开。她又站到马路上大喊，灯熄了，人不见出来。

夜更深了，她在冷寂中疯了似的又跑了回来。进门依然不见他的身影，孩子正乖巧地睡着。她望着酣睡的孩子，泪水再也止不住，奔流不止。

这之后，她将和这个孩子相依为命，而此刻他还一无所知。

接下来的几天，她不停地奔波着，用尽全部方法，只为能救出他来。可是，救人哪有那么容易？她找了老闸捕房的捕快，也找了律师，都无果。

老天也无情，一连几天都是雨雪霏霏，她日夜奔走，加之产后虚弱，脚上竟然长了冻疮。

他们的好友沈从文为此也很着急，找了胡适、徐志摩，还专程去南京找了蔡元培，然而因为案情严重，大家都无能为力。

不过，她获得了一次探监的机会。

那天，她是在沈从文的陪同下前去的。漫天雪花，很冷很冷，她带着被子和换洗的衣服，可是等了一上午也不让见，直到后来给看守递了十元钱才获得允许，但也只是让胡也频领下东西，并没有给他们安排可以面对面的见面机会。

不一会儿，一阵声音传来，从两重铁栅门里的院子里走过来几个人，她还在努力辨认，只听沈从文指着一个身影对她说，那是胡也频。她循着沈从文指的方向看去，认出了他——戴着脚镣、精神依然不屈的胡也频。

她大声对胡也频喊道："频！频！我在这里！"

胡也频听到她的喊声掉转头来，深情地看她，正要对她喊话时，却被巡警无情地给推走了。而她，在那一瞬晕倒在地。

这是她最后一次见到他。没有谁能知道那段时日她是怎样熬过来的，更何况她的身边还有一个嗷嗷待哺的幼儿。

- 尾语 -

这世间最痛的，是无能为力。

她眼睁睁地看着他就在那里，却是使尽浑身解数都无法救出他。这种绝望，一辈子都无法承受。

后来，在邵力子的帮助下，有人提出条件：如果他不是共产党，愿意住在南京，可以想想办法。

可是，她知道他断然不会答应这条件，他宁死也不会选择投降！

1931年2月7日凌晨，他被国民党处决，永远地离开了这个世界。

当时，她拍着睡熟的幼儿轻轻说道："小东西，你爸爸真的完了，他的事情还不完。赶快长大了，接手做爸爸还不做完的事情。"

"眼泪算什么东西？在风中会干去的，用手巾可以揩去的。"这是她对前来看望她的沈从文说的话。

胡也频之所以如此深爱她，或许其中一个原因就是看到了她身上的这份坚忍。

然而，即便她不曾流过一滴眼泪，她心底的悲伤却比海深。

夜深人静时，她抱着孩子，抚摩着一家三口的照片，泪流满面地低语道：“频！你晓得一个人在烧好饭去吃饭的心情吗？我们好想你……”

他的突然离去，让她的天塌了下来，陷入孤苦无助、不知所措的境地。但是不久，她痛定思痛，决定用她的方式活下去。

她走上了他未走完的路，成了一名真正的革命作家，写出了《太阳照在桑干河上》这样一部不朽之作。

1986年2月7日，凌晨，她躺在病榻上，听着街上紧一阵、散一阵的鞭炮声，不禁感慨万千，幽幽地说道：“也频，是在这个时候死的！”

十多天之后，她也永远离开了这个世界。

关于胡也频，她曾说过：“这一生最纪念的就是胡也频。”

用一生的时间来怀念一个人，最深刻的感情莫过如此。

附录 参考资料

1.[美]徐善曾著：《志在摩登：我的祖父徐志摩》，中信出版社，2018年。

2. 冯亦同著：《徐志摩》，中国青年出版社，2012年。

3. 徐志摩著：《爱眉小札》，中国友谊出版社，2013年。

4. 柴草著：《眉轩香影陆小曼》，人民文学出版社，2017年。

5. 沈从文著：《从文自传》，江苏人民出版社，2014年。

6. 沈从文著：《沈从文家书》，人民文学出版社，2010年。

7. 朱生豪、宋清如著：《朱生豪情书全集》，中国青年出版社，2013年。

8. 朱生豪著：《朱生豪书信全编》，人民文学出版社，2018年。

9. 朱尚刚著：《朱生豪在上海》，上海书店出版社，2019年。

10. 鲁迅、景宋著：《两地书》，人民文学出版社，2006年。

11. 郁达夫著：《郁达夫自传》，安徽文艺出版社，2014年。

12. 郁达夫著：《日记九种》，外文出版社，2013年。

13. 王映霞著：《王映霞自传》，岳麓书社，2017年。

14. 许凤才著：《郁达夫与王映霞》，人民出版社，2012年。

15. 梁实秋著：《雅舍情书》，群言出版社，2017年。

16. 陈铁健著：《瞿秋白传》，红旗出版社，2009年。

17. 胡仰曦著：《痕迹：又见瞿秋白》，人民文学出版社，2019年。

18. 胡兰成著：《今生今世》，中国长安出版社，2013年。

19. 张爱玲著：《小团圆》，北京十月文艺出版社，2012年。

20. 周质平著：《胡适与韦莲司深情五十年》，北京大学出版社，1998年。

21. 杨绛著：《我们仨》，生活·读书·新知三联书店，2015年。

22. 钱锺书著：《围城》，人民文学出版社，1991年。

23. 王庆华著：《高君宇传》，山西人民出版社，2013年。

24. 柯兴著：《风流才女石评梅传》，北岳文艺出版社，2013年。

25. 徐志摩等著：《民国最美的情书》，万卷出版社，2015年。

26. 黄旭东著：《民国课堂：大先生的情书》，广西人民出版社，2014年。

27. 沈从文等著：《小情书：民国才子才女情书选》，重庆大学出版社，2013年。

28. 朱湘著：《大家书斋：海外寄霓君》，北京师范大学出版社，2014年。

29. 朱湘著：《新月派小全集：专等一个人》，四川人民出版社，2017年。

30. 蒋祖林、李灵源著：《我的母亲丁玲》，辽宁人民出版社，

2011年。

31. 蒋祖林著：《丁玲传》，人民文学出版社，2017年。

32. 沈从文著：《记丁玲》，中信出版社，2017年。

图书在版编目（CIP）数据

若无相欠，怎会相见：14对民国才子恋人的缱绻情书集 / 桑妮著. — 天津：天津人民出版社，2020.10
ISBN 978-7-201-16382-6

Ⅰ. ①若… Ⅱ. ①桑… Ⅲ. ①书信集—中国—当代 Ⅳ. ①I267.5

中国版本图书馆CIP数据核字（2020）第159337号

若无相欠，怎会相见：14对民国才子恋人的缱绻情书集
RUO WU XIANGQIAN，ZEN HUI XIANGJIAN：14 DUI MINGUO CAIZI LIANREN DE QIANQUAN QINGSHU JI

出　　版　天津人民出版社
出 版 人　刘　庆
地　　址　天津市和平区西康路35号康岳大厦
邮　　编　300051
邮购电话　（022）23332469
电子信箱　reader@tjrmcbs.com

责任编辑　范　园
特约编辑　李　雪
装帧设计　尚燕平

制版印刷　河北鹏润印刷有限公司
经　　销　新华书店
开　　本　880毫米×1230毫米　1/32
印　　张　8.75
字　　数　150千字
版次印次　2020年10月第1版　2020年10月第1次印刷
定　　价　46.00元
